# 溺愛彼氏

和泉　桂

幻冬舎ルチル文庫

CONTENTS ✦目次✦

溺愛彼氏

✦イラスト・街子マドカ



✦カバーデザイン＝高津深春（CoCo.Design）
✦ブックデザイン＝まるか工房

# 溺愛彼氏

# 1

物心がついた幼い頃から現在に到るまで、早川和利《はやかわかずとし》に欠けているもの——それは可愛げだ。

『今日も一日お疲れ様でした。少し話があるんだけど、会ってもらえる？　もしよかったら返信ください。電話でも大丈夫』

幼馴染《おさななじ》みである、シリル・ド・ルフュージュからの見事な日本語でのメールにどう返信しようか迷い、和利はいくつかのパターンを考える。

あまり素《そ》っ気《け》なく書くと傷つけてしまうし、かといって懇切丁寧なメールも自分らしくなく、世間話をするような仲でもない。

面倒になった和利は考えるのをやめ、携帯電話を内ポケットに押し込み、鞄《かばん》から書店のカバーがかかった文庫本を取り出した。

帰り道の地下鉄の車内では、文庫を読む人、携帯電話を覗《のぞ》き込む人、モバイルパソコンを操る人——いろいろな人が文字を読んでいる。

無論、中には音楽を聴いたりゲームをしたりしている人もいるが、大方の人々は何かを読む。

人は読まずにはいられない生き物なのだろうかと思いつつ、和利は隣に立つ男性の文庫本に目を留めた。

書体、ページの肩のタイトル。字間、行間。ノンブル。それらを総合して推理するまでもなく、印刷された書名からC社のものだとすぐにわかる。

興味津々で人の本を覗き見してしまったばつの悪さに急いで視線を逸《そ》らし、窓に映った自分の顔に気づいた。

群生する個体の中、彼ら同様に極めて平凡な和利が立っている。

黒髪に黒い瞳、それから眼鏡《めがね》。切れ長の目に、軽く結ばれた唇。笑顔はなかなか見せないので、愛想がないと九割の確率で評される。図書館司書だってサービス業なんだからもうちょっと笑ったほうがいいと、上司に苦言を呈されたのも一度や二度ではない。

マスメディアの謎の喧伝《けんでん》によって眼鏡をかけた男性が持て囃《はや》される前から、和利は眼鏡一筋だ。眼球に異物を入れるという行為が怖いし、意を決して作ってみたコンタクトレンズが体質に合わなくて涙が止まらなかった。

見た目は堅物と言われて本人もそう自認しているものの、なかなか手出しできなかったコンタクトレンズに象徴されるように、和利はひどく臆病な一面がある。何をするにも失敗したくないという意識が先に立つのは、本質的に見栄っ張りなのかもしれない。

ふとしたことから自己分析に入りかけて、和利は自分の気持ちにブレーキをかける。だめだ。

いろいろ考えすぎたり想像しすぎたりするのは、己の悪い癖だ。

それで幼い頃に大きな失敗をしており、以来、何ごとにつけても慎重になったというのに。

心中で息をついた和利は、自分の手許《てもと》にある文庫本に視線を落とした。

はじめはひとつひとつの文字が頭に入ってこなかったが、次第にそれらが意味を持って脳裏で躍りだす。

文章の効果は鮮やかだった。

登山ものは何度となく読んだことがあるが、それぞれに情景描写が違って勉強になる。和利はすぐに物語の世界に引き込まれ、紙面に描《えが》かれた雪山の寒さと足許を覆う新雪を味わっていた。

指がかじかみ、腹の奥底まで冷えてくるようだ。

音一つ聞こえない、雪山。

十ページほど読んだところで地下鉄が減速したのに気づき、和利はぱたりと本を閉じ、下車の準備を始めた。

雨上がりの駅は、むっとするような人いきれで少し気持ち悪くなりそうだ。

最寄り駅からアパートに帰るまでの道のりは、徒歩でおよそ十五分。駅と駅の中間にあるので不便ではあるが、その分家賃も安い。

帰路に就く前にここ三日ほどは残業続きで立ち寄れなかった馴染みの書店に足を運んだ和利は、店頭のウインドウに貼られた一枚の紙にふと目を留めた。

コピー用紙には小さく『閉店のお知らせ』と書いてある。

長いあいだ頑張ってきましたが、このところの社会情勢にはついていけず――そんな文章が簡潔に綴《つづ》られている。今日で閉店とのことで、ずいぶん急な話だ。

月並みな文章だからこそ、抑えた文面に滲《にじ》むこの書店主の気持ちがよけいにわかるようで、かえすがえすも残念だという気持ちが込み上げてきた。

小さな店であってもウインドウはいつもぴかぴかだったし、和利が見る限り日焼けした本は一冊もなかった。

雑誌や新刊以外が置かれた棚はびっくりするほど練り込まれており、テーマを持って仕掛け販売もしていたらしい。街の小さな店舗にしては珍しく個性のある書店だとひいきしていただけに、閉店が惜しまれた。

すっかりへこんでしまった和利はため息をつき、下がりかけた自分の眼鏡をくっと右手で押し上げる。最後に何かを買っておこうと思い、前から目をつけていたハードカバーの書籍を手に取った。

何気なく値段を確かめたところで、誰かが近寄ってくる気配がする。

「和利」

馴染みのある声が聞こえて、和利は「う」と息を詰めた。

低すぎず高すぎず、中庸な音域。だけどやわらかくて包み込むような美声。

「和利ってば」

もう一度呼びかけられて、仕方なく顔を右に三十度ほど回した。

美しい顔立ちのフランス人――たいていの日本人が外国人というイメージを与えられれば思い浮かべるような、典型的な金髪碧眼《へきがん》の青年が、和利の右手に立っていた。

いや、金髪碧眼などというあっさりとした形容は彼には相応《ふさわ》しくない。

安っぽい蛍光灯の光を受けてもなお高貴に輝く豪奢《ごうしゃ》な金髪と、まるで夜の海のように静かな色味の蒼《あお》い目。神様が二本の指で摘《つま》んで気まぐれに作り出したようにすっと尖《とが》った鼻梁《びりょう》のラインなど、褒めるのも業腹《ごうはら》だがまるで芸術品だ。

それらをバランスよく持ち合わせたシリル・ド・ルフュージュは和利よりも十センチ以上も背が高く、抜群のスタイルのよさを見せつける。

……そう、完璧だ。

シリルの造形に納得のいく描写をして悦に入《い》ってから、和利ははっとする。

そんなことは、どうでもいい。

とりあえず、シリルをどこかに追いやらなくてはいけない。

この男と一緒にいて目立ってしまうのは、和利にとっては不本意な事態だ。シリルのような男の隣にいるには、自分はあまりに不釣り合いだからだ。

「何をしに来た？」

眉間《みけん》に皺《しわ》を寄せて和利が険しい顔を作ったが、シリルはまったく動じぬ様子で口を開いた。

「話があるんだ。メールしたのに、返事がないから直《ちょく》で来ちゃった」

完璧な日本語。見目麗わしいうえに、頭脳も明晰《めいせき》、上流階級出身、シリルはまったくもって非の打ち所がない。

「なければそもそも来ないだろう」

尖った言葉をぶつけたものの、シリルはまったく動じずに和利の言葉をキャッチする。

「そんなことないよ？　和利に会いたいからね」

「…………」

「でも、用事がないと怒るでしょ？　だから用件を作ってきたんだ」

このまま無視を決め込むこともできたが、それもさすがに非礼すぎる。彼を傷つけてしまうかもしれない、その程度の配慮はあった。

「ごめん、冗談。最初から、ちゃんと用事があるよ」

渋面を作って黙する和利を前にぱっと明るく笑ったシリルは、いきなり上体を屈《かが》めて「あのね」とこちらの目を覗き込む。

「何だ、もったいぶらずに早く言え」

蒼い目が無遠慮なまでの距離に接近してき近づいたことに驚いたものの、逃げるのは格好悪いので振り払えず、何とか一歩後じさるに留《とど》めた。

「僕の用事を言ってもいいけど、和利、買い物しないの？　お店、閉まっちゃうよ」

確かに店内の時計を見れば時刻は九時一分を過ぎたところで、店を閉めたいのに和利が出ていくのを待っていてくれたのだろう。

急いでレジに本を出してから、カバーは断ろうと思ったが、この書店のオリジナルのものをつけてもらうのも最後だというのに気づき、今回は珍しくかけてもらった。

それだけで、気持ちがしんみりとしてくる。

「ありがとうございました」

レジの女性に礼を言われて、和利は何を言うか迷い、それから目礼をするだけにした。

こういうところで気の利いた台詞《せりふ》一つ言えない自分が嫌だ。

いい年をしているのに、仕事以外の場所ではどうしても、自分の舌が重くなる。

「あの」

話しかけられて振り返ると、女性が「これ、よかったら使ってください」とブックカバーの束を差し出した。

「いいんですか？」

「はい」

この書店のスタッフらしい気遣いに、和利は嬉《うれ》しくてほんのりと笑む。

「ありがとうございます」

上機嫌になった和利だったが、シリルのことを思い出して我ながら表情が険しくなる。

彼は手持ちぶさたな様子で店の前を行ったり来たりして目立つことこのうえなかった。

「それで、用事は？」

店員がシャッターを閉める音を背中で聞きながら、和利はシリルを睨《にら》みつける。

「大事な話なんだ」

「当たり前だ。どうでもいい話ならメールで済む」

「メールしても、返信をくれないじゃないか」

「…………」

嫌な点を指摘されて、和利はうっと黙り込む。

今日だってすぐに返信が欲しそうだったのに、悩んだ末にリプライをしなかったのを思い出したからだ。

でも、シリルへのメールは加減が難しいのだ。

一行で素っ気なく返すと何か機嫌を損ねたのかと延々と質問のメールが来るし、かといって五行くらいにすると、和利が僕のために時間を割いてくれるのが嬉しいという喜びに満ちた返信が届き、どちらにしても鬱陶《うっとう》しい。

もっと加減をしろと言いたいのに、シリルは何もかもが過剰だ。

「わかったよ。わかったから、さっさと用件を言ってくれないか」

「大事な用事だからここじゃ嫌なんだよ」

「盗み聞きするような相手はいない」

「でも、寒いんだ。和利の家に連れていってくれない？」

いらっとしたものの、ここでシリルに風邪を引かせたくはない。今は丈夫になったが、昔のシリルは躰《からだ》が弱くて、一度体調を崩すと大変だったのだ。

「それに、お腹《なか》も空《す》いたよ」

「帰ってもおまえの分の食材はない」

風邪を引かせたくはないけれど、自分のテリトリーにシリルを入れたくもない。

このやけに存在感のある男を部屋に入れたら最後、もうおしまいだという気分になる。おかげで、これまでに一度もシリルを一人暮らしの自分の部屋に上げたことがない。

葛藤《かっとう》する前に、解決法はシリルが示してくれた。

「だったら、どこか入ろうよ。ファミレスとかでいいから」

シリルのように美しい男の唇からファミレスなどという凡庸な五文字が出てきたことに幻滅しかけたが、この場合は仕方がないと諦《あきら》める。

これではシリルのペースだとわかっているのに、逆らう術《すべ》がない。

家に連れていくのは嫌だという大前提がある以上、打つ手がないのだ。

「わかったよ、ファミレスでいい」

和利は仏頂面で承諾を口にした。

「了解。来るとき見たけど、確か、あっちの大通りに何かお店があったよね」

「地下鉄じゃなかったのか？」

駅から先ほどの書店に向かえば、ファミリーレストランがある国道沿いは通らない。

「タクシーで来ちゃった」

それで狙《ねら》い澄ましたように鉢合わせできるとは、シリルは大した強運だ。

「こっちだよ、和利。ついてきて」

これではどちらが地元民かわからない。

ともあれ、普段はあまり利用しない駅の西口に行くことになり、和利は渋々シリルの半歩あとをついていった。シリルは和利が遅れないように気遣いつつ、駅のすぐ裏手にあるファミリーレストランを指さす。

「あのお店でいい？」

「好きにしろ」

ファミレスなんて滅多に行かないので、好みさえ決まってなかった。

「和利、好き嫌いないのが偉いよね」

「おまえだってないだろ」

「和利を見習ってるんだ」

「よく言うよ」

ものの三分もせずに、ファミリーレストランに到着する。外から覗いた限りでは店内が空いているので、話をするには向いていそうだ。

「いらっしゃいませ」

自動ドアを越えたシリルを迎えた女性店員が一瞬言葉に詰まりかけたが、それでも気に留めない様子を装って二人を窓際の席に案内してくれた。

目が痛くなりそうなほどにど派手な、オレンジ色のビニール張りのソファに腰を下ろす。分厚い窓越しに少し冷気が漂ってきたが、それすらも、心地いい。予期せぬところでシリルに会ったせいで熱くなりかけた頭を、冷やしてくれた。

「どうぞ」

出されたメニューを広げ、和利は真っ先に目に留まった『秋のきのこフェア』からきのこパスタを選んだ。

シリルといえばすでに決まっているようで、メニューを一瞥《いちべつ》したきり顔を上げてしまう。

「決まったのか?」

「うん」

「それなら僕はこのきのこパスタを」

「僕はこれ」

彼の細い指が押さえている部分に目をやって、和利は眼鏡のつるを持ってそれを押し上げ、もう一度確認する。

「パンケーキセット？　栄養が偏るだろう。もっと栄養バランスのいいものを食べられないのか？」

「あれ、心配してくれるの？」

「そうじゃない。ただ、口内炎ができたの何のでメールをもらいたくないだけだ」

「それって心配してるのと一緒じゃない」

「……またあとでお伺いしましょうか？」

おそるおそる口を開いたウエイトレスにはっとし、和利は慌てて「それでいいです」と言ってしまう。

「パンケーキにするよ、ありがとう」

「かしこまりました。では、きのこパスタ単品とパンケーキセットですね。セットのお飲み物はいかがなさいますか？」

「一緒にお願いします」

シリルがにこやかに微笑《ほほえ》むとウエイトレスは頬《ほお》を赤らめ、上擦《うわず》った声でオーダーを復唱する。

テーブルの上のメニューが片づけられ、夕食やお茶を楽しむ人々のざわめきが二人を包み込む。

こんなところでまで愛想を振りまくなんて、美貌《びぼう》の無駄遣いだ。

面白くない和利の気持ちなど知らずに、シリルは微笑みを浮かべてこちらを見つめている。

ファミリーレストランの硬いビニールのソファは居心地が悪く、和利はもぞりと一瞬動いたが、シリルの視線を感じてますますばつが悪くなった。

彼に落ち着きがないとか、幼稚だとか、そんなふうに思われるのは御免だ。

シリルの前では見栄を張って、自分の欠点など見せたくなかった。

「…それで、用件は？」

「せっかちだなあ。急《せ》いてはことをし損じるっていうよね？」

フランス人に流暢《りゅうちょう》にことわざを操られるのは悔しいが、致し方がない。

この男は天才的な頭脳の持ち主で、和利などが敵《かな》わないような相手なのだから。

そのくせ、いつも和利を立てようとするやけに日本人的な一面さえ持ち合わせている。

思えば、昔からそうだった。

美しいばかりで人畜無害そうな顔をしているくせに、本当は誰よりも優秀。世慣れないフランス人形みたいな美少年の面倒をみようと張り切っていた和利を、シリルは何の前触れもなく傷つけた。

一言、教えてくれればよかったのだ。

自分は和利みたいな努力家の秀才とは格が違うと。

なのに無邪気に懐いてきたシリルが、二十七にもなって未《いま》だに許せない。

こんなのは逆恨みだとわかっているのに。

「……ねえ、聞いてる？」

滔々《とうとう》と話していたシリルがそこで言葉を切り、そのよく光る蒼い目で和利をじっと凝視してきた。

「あ、ああ、何だ？」

あまりの迫力にたじろぎ、和利はそう聞いてから、間を持たせるために水を飲む。

「だから、仕事の話」

その単語を聞き咎《とが》め、和利はむっつりと黙り込んだ。

いきなり不愉快なことを思い出す羽目になったせいだ。

仕事の話はしたくない。

職場の人間関係も、矛盾に満ちた職務も、どちらも最悪だ。それをシリルに伝えれば、心底同情されるのは目に見えている。だけど、シリルからの慰めなんて欲しくなかった。

シリルに対してはこうして意地を張るって決めているのだから。

それを撤回することなんて、永遠にない。

「もう一度言え」

一応は聞いてやる姿勢を見せようと、和利は硬い声で問うた。

「うん、いいよ。今度新しく仕事を始めるから、君に手伝ってほしいんだ」

父の経営する会社の日本支社に勤務した後、シリルは広尾で『青柳堂《あおやぎどう》』という私設図書館を運営している。収益を上げられるような業態ではなく、彼は生前贈与された莫大な資産を運用し、その利益を運営資金に充てていた。

「寝言は寝て言ったらどうだ。無職ならともかく、僕には仕事がある。転職するつもりはない。パートナーが欲しければ、然《しか》るべき手段で募集すればいい」

「いいね、パートナー」

和利の言葉を聞いて、シリルの表情がぱっと輝く。

「言葉の綾だ。僕はおまえのパートナーになりたいわけじゃない」

「じゃあ聞くけど、和利、今の仕事楽しい？」

「………………」

突然切り込まれて、和利は細い眉を顰《ひそ》める。

面と向かってそう問われると、かなりきついものがある。

司書としての仕事自体は楽しいといえば楽しいのだが、図書館は矛盾を抱えている。その一つが、公共の施設だけに利用者がどれだけいるかが重視され、利用者を増やすために人気のある書籍ばかりを何十冊も入れるという構造になりつつある点だ。しかし、それでは著作者や出版社の利益を脅《おびや》かしかねないし、蔵書が偏ってしまい図書館の役割を果たせない。

そのうえ、本を雑に扱う利用者との軋轢《あつれき》など、本を愛する古書蒐集家《ビブリオマニア》の和利には耐《た》えられないことばかりだ。

「ほら、和利はすぐに顔に出ちゃうよね」

「うるさいな」

上手《うま》く会話を繋《つな》げられなくなり、子供のように癇癪《かんしゃく》を起こしかけた和利のことでさえも、シリルはまったく頓着しない。

あまりにマイペースすぎて、人の言葉をいっさい聞いていないのではないか、などと疑わしくなってしまう。

「僕がやりたいのは図書館カフェなんだ」

「図書館カフェ？」

「うん、企画書を書いてきたよ。はい！」

そう言って彼は鞄の中からクリアファイルを取り出す。

反射的に受け取ってしまってから、そうではなくて突っぱねればよかったと思ったのだが、後の祭りだった。

いつも、こうだ。

シリルのペースに巻き込まれては後悔して、それでも、嫌いだと彼を断ち切ることはできない。

それどころか、視線はいつも彼に惹《ひ》きつけられてしまう。

耳を澄まして、彼の声を拾おうとする。

自分で自分の制御ができない。

「読んでみて」

「仕方ないな」

好奇心はあったものの、それを露骨に表現すれば絶対に相手を喜ばせてしまう。

それだけはなるものか。

せめてもの抵抗をしつつもシリルの勢いに押され、和利は企画書に目を落とした。

『図書館カフェ（仮称）プロジェクト』という表題で、場所の候補は秋葉原のみ。図書館なのだから神田などにするのが普通ではないかと思うのだが、メイドカフェなどに慣れた客層のほうがこういうコンセプトカフェには馴染むのではないかということらしい。

実際、秋葉原は交通の便もいいし、いわゆるオタクと呼ばれる客層は読書好きでもある。何か取っかかりがあれば、たとえば秋葉原を訪れる客層が好むライトノベル以外のものにも手を伸ばしてくれるだろう。

稀覯本《きこうぼん》から売れ筋の文庫本まで、店員が面白いと思ったものを勧めて貸与もできる。

……面白そうじゃないか。

儲《もう》けはなさそうだが、規模さえ気をつければそれなりに上手くやっていけるに違いない。

そんなことを考えつつ、和利は企画書を読み耽《ふけ》る。

「それ、どうかな」

「いいんじゃないか」

「え、ホント？」

「ああ」

スタッフと収蔵本を上手くやりくりすれば、かなり面白い店になるだろう。これがシリルの提案でなければ、興味深いと食いついていただろう。

和利が珍しく素直に頷《うなず》いたのを見て、シリルは目を丸くしている。

「……何だ」

「ううん。和利が僕の考えを認めてくれるのって滅多にないから、嬉しくて」

「僕だっていいと思ったら褒めるよ——三年に一度くらいは」

「ありがとう！」

嬉しげに言ったシリルのもとへ、パンケーキが運ばれてくる。和利のところにもきのこパスタが置かれたので、フォークを手にしてパスタを巻きつけた。

ふとシリルを眺めると、彼は背筋を伸ばし流れるような手つきでパンケーキに蜂蜜《はちみつ》のシロップをかけていた。

白い皿に溢《あふ》れ出したシロップはきらきら光り、まるでシリルの髪のように綺麗だ。

背筋を伸ばしたまま、彼はパンケーキにすっとナイフを入れる。

流麗な仕種《しぐさ》は、貴族の血を引き何不自由したことなどないことを示している。

たかだかファミレスのパンケーキであっても、彼が食べようとすれば、一流ホテルのテラスで食するブレックファストにも見え、品位というものの持つ力はすごかった。

雲の上に住むような煌《きら》びやかな男が、こうして自分と夜中のファミレスでパンケーキなんて食べているのだから、運命とはよくわからない。

「旨《うま》いか？」

「うん、美味《おい》しいよ」

「普段、もっと旨いパンケーキを食べ慣れてるのに？」

「え？　あ、それはお金さえ出せばもっと美味しいものはあるよ。でもここのパンケーキはこの値段で最上のものを提供すべく努力を払ってると思う」

シリルはにこっと笑った。

こういうところでシリルは自分が金持ちであるのを鼻にかけないし、さらりと流してしまう。過度の謙遜《けんそん》はしないが、過剰な自信もない。そこがシリルのシリルたる所以《ゆえん》で、和利が彼を嫌いになれない理由の一つだ。

ふっと右手を眺めると、暗い窓は鏡のようになって店内の様子を映し出している。

不細工ではないが、目前にいるシリルに比べると、雲泥の差がある容姿だ。

外見がすべてだとは思わないけれど、シリルのそばにいるには自分はあまりにも地味で、何の取り柄もない。

「和利は美人だよ」

「……は？」

見透かされたように容姿のことに触れられ、和利はぽかんとした。

「自分じゃわかってないけど、近寄りがたい美人って感じ。猫っぽいよね」

「殴られたいのか？」

「殴ったことなんてないくせに」

むっとした和利がテーブルの下でシリルの足を蹴ると、彼は声を上げて笑った。

もうずっと、彼とはこんな感じだ。

昔は劣等感も何も感じずにシリルとつき合えたのに、今は、そうもいかない。

彼に会うたびに心が重くなり、それでもなぜか会うのを拒めない……その繰り返しだ。

「僕は和利が好きだから、今のままで十分だけど」

「どういう意味だ？」

「だから、言ってるでしょ。僕の初恋の人は和利だったって」

「……過去形だな」

つい揚げ足を取ってしまうが、シリルは平然としたものだった。

「恋から愛に変わったからね」

もちろん、そんな戯《ざ》れ言《ごと》を信じたりはしない。

でも、口許を綻ばせたシリルの表情に、心臓がきゅっと痛くなる。

性懲《しょうこ》りもなくどきどきする自分を恥じつつ、和利はそっと目を伏せた。

## 2

「和利《かずとし》、ちょっと話があるんだ」

夕食時に父がいきなり真面目《まじめ》な顔で切り出したので、ハンバーグにナイフを入れていた和利は不審げに顔を上げる。

ぶわっと出てきた湯気のせいで眼鏡が曇ったのでそれを外すと、一気に父の顔がぼやけた。

和利の家は両親との三人で、東京都内の一軒家に暮らしている。

今もキッチンで甲斐甲斐《かいがい》しく働いている母の美枝子《みえこ》は専業主婦、父の達弘《たつひろ》は商社員だ。

父は世界中のあちこちを文字どおりに飛び回り、和利も幼い頃に何度か海外暮らしを経験した。惜しいことにほとんど記憶がないものの、せっかく覚えた英語を忘れないように英会話教室へ通わされている。次に父の海外赴任があるのなら、ついていきたいと思っていた。

中流というほどではないが、上流階級でもない。

この界隈ではありふれた家庭の一つで、和利は良くも悪くも『普通』だった。

「なあに？」

「じつは父さんの友達のご家族が、今度三丁目に引っ越してくるんだよ」

「三丁目って、もしかしたらあのお屋敷？」

三丁目のお屋敷といえば、近所でも有名な古い洋館だ。

「よく知ってるね」

「このあいだ工事の人たちが出入りしてたから、何となく」

和利が住んでいる町は、都内でも新興の高級住宅地として知られている。

そして、この一帯でも、例外的に歴史の重みがある三丁目のお屋敷は格が違うというのは、子供であっても皆の共通認識だった。

戦火にも耐えた洋館の庭は鬱蒼《うっそう》と木々が茂って全容を隠していたので、中を目にしたことはない。

「すごいね。お金持ちなの？」

「うん。フランス人で、かなり古い家柄だ。父さんは歴史には疎《うと》いんだが……」

疎いどころか、父の知識の深さは和利の自慢だ。美術館に行けば、歴史画の背景にあるものをこっそりレクチャーしてくれるし、聖書や神話のエピソードにも詳しい。そんな父に和利は憧れ、尊敬していた。

「そんなことないよ」

「まあ、それは置いておこう。先方には息子さんがいて、この秋からおまえと同じ学校に転入するそうだ」

小学五年生の和利が通っているのは私立校で、小学校から高校までのエスカレーター式だ。インターナショナルスクールに近い形態で英語教育にも力を入れており、帰国子女や在日外国人の子弟らに人気があった。

「そうなんだ……全然知らなかった」

もう九月なので、海外からの転入であればそろそろ姿を見せていてもおかしくはない。

「やっと転入の手続きが終わったところだそうだからね」

どうやら父はその一家と相当仲がいいらしく、かなり事情を把握しているようだ。

そんな相手がいるのなら教えてくれればよかったのに。

「何ていう子？」

「シリルだよ」

シリル、か。

ちょっと発音がしづらいけど、綺麗な響きだ。いったいどんな子なんだろう。

「仲良くしてあげてくれるかい？　シリルくんは日本の生活は初めてだそうだ。おまえが最初の友達になってあげてほしいんだ」

「僕が？」

「そうだ。和利なら、きっと彼に優しくできるはずだ」

父からの無辜《むこ》の信頼を感じ、和利は微《かす》かに緊張を漂わせた。

「もちろん」

尊敬する父のたっての頼みなのだから、徒《あだ》や疎《おろそ》かにはできない。

父から信用されているというのは、男にとって勲章のようなものだ。

その感情は誇らしい。

「ありがとう、和利。シリルくんはすごく可愛いんだ。父さんはパリで、彼に会ったことがある。初対面のときは女の子かって思ったよ」

「え、だったら男？」

男なのに可愛いって、どういう顔をしているんだろう？

首を傾《かし》げる和利を見やり、父は悪戯《いたずら》っぽく笑った。

「そうだ。金髪で蒼い目で……おっと、これ以上言うとおまえの楽しみがなくなってしまうな。とにかくとても素敵な子だから、楽しみにしてなさい」

「男だったら、べつに可愛くなくたっていいよ」

「まあ、そう言うな」

父は上機嫌だったし、そのシリル親子が引っ越してくるのが相当に嬉しいようだった。

「シリルくんのお父さんは、日本の会社で働くの？」

「いや、そうじゃない。シリルくんはお母さんと二人で暮らすんだ」

「え」

意外すぎる発言に、和利は目を見開く。

「どうして？」

「あの家はとても古い名家だから、気軽には動けないんだよ」

「……でも、お父さんは来ないの？　二人だけ？」

「アニエスは優秀な料理研究家だからね。日本で仕事をしてこれを機に事業を展開したいんだそうだ。なかなかの商才の持ち主だよ」

どれくらい名家なのかわからないけれど、父がアニエスの話をする前にちょっとは深刻そうな顔をしたのは事実だし、きっと子供には理解しがたい込み入った事情があるのだろう。

ならば、自分が友達になろう。

同年代の子供は苦手だけれど、父の頼みなら頑張れる気がした。

愛想がないだの可愛げがないだのと言われる和利だが、そうなったのは、本好きのせいだ。

本を読んでいるときは思い切り感情移入してしまい、主人公と同じ表情をしてしまう。

休み時間にそうしているのを、クラスメイトに見咎《みとが》められたのが発端だった。

——やだ、早川《はやかわ》くん気持ち悪ーい。

——ホント。本読んでるときにこにこしたり、泣きそうになったり、おかしいよ。

同級生たちの無邪気な言葉が、胸に突き刺さるみたいだった。

そのやり取りが何度かあり、そのうちに、教室で本を読んでいると周囲に注視されるようになった。一冊でも多く本を読みたいが、いじめられるのは嫌だったので、和利なりの対策として、本を読むときはなるべく感情を抑えることを思いついた。

不器用な性格だけに、それを実行しているうちに、普段の生活においても、和利は自分を抑えるようになってしまったのだ。

結果として取っつきにくいと言われるようになり、友達がますますできなくなったのは誤算だった。

もっとも、それならばいいと思っている。

友達はいなくても、自分には本がある。

これから出会うシリルという少年と仲良くなれるなら、それで十分だった。

シリルの存在が、いつしか、和利にとっては一つの希望となっていた。

「ねえ、和利」

時計から視線を移した母が、ダイニングテーブルで宿題をしている和利を呼ぶ。

「な、なあに、母さん」

「そろそろシリルくんのお母さんが挨拶にいらっしゃる時間よ」

「うん」

じつのところ、母に言われる前からそわそわして宿題に手が着かなかった。

学校の帰り道に引っ越し屋のトラックがあのお屋敷の前に停《と》まっているのを発見したので、そろそろ来るべきときが来たのだと思うと緊張してしまって。

少しでも気持ちを落ち着けようと、和利は宿題を中断して学校の図書室から借りてきた本を開いた。

『怪盗ルパン』のシリーズは、和利のお気に入りだ。少年探偵団と同じである程度パターンが読めてしまうが、それでもどの作品も楽しんでいる。

だが、今日に限ってはなかなか没頭できない。それくらいに自分は、シリルが引っ越してくるのを楽しみにして浮き足だってしまっている。

宿題にも読書にも手が着かないなんて、困ってしまう。

いっそこちらからシリルのところへ出向くか、偵察に行ったほうがいいんじゃないかと思ったそのとき。

インターフォンのベルの機械音が、ダイニングキッチンいっぱいに響いた。

来た！

母親よりも早く、和利はインターフォンの受話器を摑《つか》む。運動が苦手な和利にしては、びっくりするほど俊敏な仕種だった。

「はい！」

すると向こうから、「ド・ルフュージュです」とか細い声が聞こえてきた。

日本語だ。しかも、意外と上手い。

この声の主が、アニエスという母親だろうか。

「今、行きます」

和利は受話器を元に戻すと、「来たよ」とだけリビングにいる両親に告げて、大股で走りだした。

和利が靴を突っかけてばたんと勢いよく玄関のドアを開けて飛び出すと、門前には金髪の女性と子供が立っていた。

「！」

人形だ……。

言われていたとおりに、シリルは目を疑うような美少女——いや、美少年だった。

驚きのあまり、和利はそこで急停止してしまう。

目線の高さは、きっと和利と同じくらいだろう。

シリルは癖のある緩いウェーブの金髪を肩先で切り揃《そろ》え、前もって知らされていなくては、とても少年には見えなかった。

膚《はだ》は白いし、唇は薔薇色《ばらいろ》。ぱっちりした二重の大きな目。そしてその色は、澄んだ蒼だ。

まるで今日という日の晴れた青空をそのまま切り取り、宝石として目に塡《は》め込んだようだ。

その煌《きら》めきによって世界中に光が満ちるのではないかと感じるくらいに、シリルの金髪の印象は強烈だった。

「………」

和利をちらりと見ても、シリルは何も言わなかった。

無言のまま和利は門を開けると、シリルの前に一歩踏み出す。挨拶をしようと息を吸い込んだとき、自分の後ろでドアが開いた。

「やあ、アニエス」

「はじめまして、あなたがアニエスね。それからシリルも、こんにちは」

「こんにちは」

すぐに両親が出てきて英語で挨拶を始めたので、彼らの傍らで和利はもう一度シリルに向き直る。

「シリル」

「？」

「はじめまして。これから僕が君の友達になるよ」

学校のフランス人講師にそれだけを習ったのだが、もしかしたら、通じていないだろうか？

人見知りの和利にしてみれば、精いっぱい勇気を振り絞ったところなのに。

「……友達？」

シリルがゆっくり発音したので、和利にも理解できた。

「うん。友達」

「メルシー……ええと」

そこで初めて和利は自分が自己紹介も忘れていたことに気づき、赤面する。

シリルがあまりにも可愛かったのに動揺し、順番をすっ飛ばしてしまっていた。

「……和利。僕の名前は、早川和利」

「ありがとう、和利」

おそるおそる顔を上げると、和利の顔を認めてシリルがにっこりと笑う。

その様があまりにも劇的で、和利ははっと息を呑《の》んだ。

まるでひまわりか何かの花がぱっと開くような鮮やかな印象があった。

蜂蜜色の髪が、陽射しに透けてとても眩《まぶ》しい。

「これからよろしく」

唇にあたたかいものが触れた。

……キスだ。

キス、されてる。

唖然《あぜん》とした和利は、眼鏡のレンズ越しにじっとシリルを見つめるほかない。

ややあって彼が顔を離したので、フリーズしかけた和利は何とか我に返り、己の唇を両手で覆い隠した。そんな失礼な反応をされたのに彼はにこにこしていて、悪びれる様子はまるでない。

どっどっと心臓が凄《すさ》まじい音を立て始めた。

落ち着け。

フランス人の生活習慣では、これに特に意味なんてない。ヨーロッパではありふれたことなのだから、殊更に騒いでシリルを困らせてはいけないのだ。

だから、ええと……とにかく、落ち着かないと。

大人たちも挨拶に夢中で、二人のやりとりにはまったく気づいていなかった。

自分だけが動揺して真っ赤になっている。

「和利、もしかして、嫌だった？」

「う、ううん」

いろいろ言いたいことはあるものの、挨拶くらいのごく基本的なフランス語しか習わなかったので、当然込み入った会話は成り立たない。

それに、嫌かどうかと問われれば、べつに嫌ではなかった。

「よかったぁ」

安堵《あんど》したシリルが笑うと、ほっぺたにえくぼができてとてもチャーミングだった。

和利だって、幼稚園の頃は同じゆり組のカナちゃんにさんざんキスをされていたし、深い意味なんてないはずだ。

でも、男同士は……初めてだ。

男同士でキスしても、いいんだろうか？

疑問を感じつつも、和利はとりあえず微笑んでみせた。こういうときは笑うものだという、大人の常識を身につけていたからだ。

こうして顔合わせは無事に終了し、シリルたちは家へ帰っていった。

「本当に可愛い子だったわねえ」

台所に立ち、夕食の支度《したく》を始めた母が感心したように呟《つぶや》く。

「うん」

「でも、知らない土地でお母さんと二人きりなんて、心細いでしょうね。和利、ちゃんと面倒を見てあげるのよ」

「……うん」

「あら、嫌なの？」

「ううん」

一応は首を振ったものの、いいとも嫌とも言いがたかった。

あのキスの意味を、自分の心の中でも処理しかねている。

そんな二人の会話に気づいていないのか、父はソファに座ってのんびりと本を読んでくつろいでいる。普段は会社勤めで疲れている父にとっては、家にいる時間は休養のためにある。それを知っているので、和利はなるべく邪魔しないように心がけていた。

「シリルのおうちってお金持ちなの？」

「ええ、お父さんの話では、元は貴族の家系なんですって」

「貴族？」

「そう。フランス革命ってあるでしょう？」

母がケーブルテレビで毎日昔のアニメを見ていたので、フランス革命の概要は知っている。それに、和利は読書が好きで小学校高学年レベルや中学生レベルの本ならすでに読みこなしており、歴史の知識もあった。

だが、それとシリルがどう関係あるのだろうかと思い、それからはたと気づいた。

「ええと、革命であのときに貴族制度がなくなったんだよね？」

「そうなの」

「なのに、今でも家が続いてるってこと？」

「ご先祖様は信望が厚くて、領民に守られて助かったんですって。もちろん今は特権階級ではないけれど、何代か前の当主が努力して事業を興して成功したそうよ」

「すごいなあ……」

それなら、フランスの実家はとても居心地がいいはずだ。なのに、彼は母と二人きりで日本に移住する羽目になったのだ。

もしかしたら……もしかしたら、何かものすごい事情があるのではないだろうか。

たとえば母は当主と道ならぬ恋に落ちてしまって、じつは認知されていないとか。

年齢の割にませた思考だったが、それくらいの想像力は和利にだってある。

だが、推測を直接に大人たちに聞くのは憚《はばか》られたので、自分の胸の中にしまい込んだ。

フランスから日本に来た美少年。旧家の生まれで、悲劇的な過去を背負っている。

そんな彼に味方できるのは自分だけだという使命感が、和利の中で芽生えていた。


それから、和利の地道すぎる努力は始まった。

シリルの一番の友達になりたかったが、自分には友達というものがよくわからない。

和利は何ごともかたちから入るタイプなので、どういうふうに友情は築かれるのか、さまざまな青春小説を読んで研究した。

たとえば通学時は毎日迎えに行く。クラスが違ったとしても、帰宅時はきちんと彼を待って一緒に帰った。要は、積み重ねが大事だと判断したのだ。

シリルは日本語を覚える必要があり、和利は彼へのレッスンを申し出た。とはいえ、もともと頭が良かったし、フランスで基礎の日本語を勉強していたらしく、シリルの上達は早くてすぐに必要なくなった。

初対面のときに日本語で話さなかったのは、和利がフランス語で話しかけてきたので、てっきりフランス語が得意なのかと思ったのだという。

やがてその誤解が解け、シリルは自分のためにフランス語を練習したのだという和利に感激し、とても喜んでくれた。

「早川くんって、シリルくんと仲いいよね」

委員会の仕事が終わった和利がシリルを捜して教室へ向かおうとすると、後ろから同じ図書委員の女子が追いついてきた。

「そうでもない」

「だって、いっつも一緒にいるじゃない」

「あいつが一人だからだ」

「それなら気にしなくてもいいのに。人気あるもん、シリルくんって。見えないところでもてるんでしょ」

訳知り顔で言われて、和利は少しむっとした。

もちろん、人形みたいに美しくおとなしいシリルは密《ひそ》かに関心を持たれている。

とはいえ、クラスの女子に目に見えて人気があるのは面白い子、スポーツ万能な子、勉強ができる子と決まっていた。

可愛らしいシリルは別枠なうえに、躰が弱くてしょっちゅう欠席するし、日本語があまり堪能《たんのう》でない。学校にフランス語ができる同級生がいないこともあり、シリルは困っているようだった。

だから、そこは和利の出番だ。

シリルを独り占めするのはよくないことだ。たとえどれほど淋しくとも、彼にほかの友達ができるチャンスを潰してはいけない。

シリルに群がる鬱陶しい女子のことも、シリルのためになると思えばちゃんと仲介する。

他人とのコミュニケーションは苦手だけど、シリルは日本語が不自由だし、仕方がない。精いっぱいの勇気を振り絞って、和利はシリルをフォローしていた。

そのせいか、和利はシリルの親友と周囲に見なされるようになり、前よりは誰かと関わり合うのが苦痛ではなくなった気がする。

教室でシリルを見つけた和利が、彼に向けて手を振る。それに気づき、合図に応えるように微笑んだシリルは、フランス語の本を閉じた。こうして母国語に接していないと忘れそうになる、というのがシリルの弁だった。

「ごめん、委員会が少し長引いた」

「お疲れ様」

あっさりした返事に話の接ぎ穂がなくなり、和利は困ってしまう。

「三組の金子《かねこ》さん。おまえに紹介したい本があるって言ってたよ」

「その子、図書委員？」

「ああ、話しやすいしいい子だよ。おまえとも気が合うんじゃないか？」

「そう」

さっきよりずっと気のない相槌《あいづち》で、和利はむっとした。

「何だ？　嫌なのか？」

「そうじゃないけど……どうして和利は、そんなに一生懸命なの？　僕の友達のアッセンばっかりしてるけど」

シリルは覚えたばかりの斡旋《あっせん》という言葉を使いたいらしく、それに力を込める。

「僕は、シリルには早く日本に馴染んでほしいんだ。こっちでの暮らしが楽しいって思ってほしいし」

「僕は、楽しいよ」

和利の言葉に、シリルは困惑しているらしい。

「もっと楽しくなってほしいんだ」

「……わかった。ありがとう、和利」

囁《ささや》いたシリルは、そこで甘く微笑む。

「早く友達、たくさんできるといいね」

心にもない言葉だったが、和利はそう言わざるを得ない。

「僕は和利だけでいいよ」

「え？」

「和利と一緒にいるのが、一番楽しいから」

そんなことを言われると、困る。

シリルの使う言葉は時として直接的で、自分は何か間違った日本語を教えているのではないかと、和利は困惑させられるのだ。


中学二年生の十二月。

世間の中学生たちが高校受験を考え始める今日この頃、一貫校では高校入学が保証されているので同級生の大半は暢気《のんき》なものだった。

和利ももちろんそうなのだが、世間一般での自分の立ち位置を知らないので、多少は不安を感じている。

そして、シリルはどうするのだろう。

日本に来てから四年目。シリルの母であるアニエスの料理研究家としての活動はそこそこ軌道に乗っているし、父も何度も遊びに来ている。しかし、父親は日本で暮らすつもりはないようなので、それもまたシリルにとって日本は仮住まいなのだと実感する根拠の一つだ。もしかしたら、シリルは高校になったらフランスへ帰ってしまうのではないか。

「おまえ、成績どうだった？」

「やばいよ、これ」

そんなことを口々に言い合う同級生を横目に、和利は窓際の席に腰を下ろすシリルの元へ向かう。

「シリル、帰ろ」

「あ、うん」

和利は相変わらず図書委員で、今週もこれから冬休みだというのに仕事をぎりぎりまで押しつけられていた。断り切れない自分の要領の悪さが憎らしいが、仕方がない。

このあとは帰宅後にシリルと和利の双方の家族でクリスマスパーティをするので、一緒にケーキを作る約束だった。

四年経っても相変わらずシリルは和利の一番の友達で、自分を頼りにしてくれていた。

二人の姿に気づき、教室に残っていた女子たちが話しかけてきた。

「シリルくん、帰っちゃうの？」

彼らの視界に和利が入っていないのは、その口ぶりから明白だった。

「これからうちで、クリスマスパーティやろうって言ってるの。よかったら来ない？」

ちらりとシリルが窺《うかが》うように和利を見やってから、にこやかに首を横に振った。

「ごめんね、もう帰らないと。和利と約束があるんだ」

「それなら、早川くんも一緒でいいよ」

仕方なさそうにつけ加えられた一緒でいい、という表現に少しばかりむっとする。

これではまるで、自分がシリルの腰巾着みたいだ。

こんなくだらないやりとりに時間を費やさずに、一刻も早くシリルと家に帰ってケーキのデコレーションをしたかった。

三年前から、シリルと一緒に過ごすクリスマスはケーキをデコレーションすることから始まるようになっていたからだ。

日本語がすっかり堪能になったシリルは、今では微妙な言い回しも使いこなすが、基本的に口数はそう多くない。代わりに、何か言いたいことがあるとじっと和利を見つめてくる。

その蒼く澄んだ、美しい目で。

それが『目は口ほどにものを言う』ということわざを思い出させて、和利を落ち着かない気持ちにさせるのだ。

彼はいったい何を言おうとしているのか、考えたところで理解できなくて。

「あの子たち、わかってないよ」

「何が？」

「和利ってすごく綺麗な顔してるのに」

「いいよ、無理して褒めなくても。僕の取り柄は成績くらいだし」

さらっと言ってから、和利はふと気づいた。そういえば、シリルの成績はどうだったろう？

「シリル、成績、どうだった？」

「まあまあ」

この学校は私立に特有の自由な校風で有名だが、成績の評価はＡＢＣの三段階で評価される。和利はオールＡには遠かったものの、それなりの成績を収めていた。

「見せてよ」

「いいよ。はい」

シリルの成績表を奪い取った和利は、彼の成績を目にして安堵する。

シリルの成績はＡもあったが大半はＢで、ごく普通だったからだ。

自分の成績表を見せるつもりはなかったが、何気なく自分の鞄を探ってはっとする。ない。

入れたつもりの、冬休みの宿題のプリントが入っていない。

「どうしたの？」

「忘れ物だ。ちょっと待ってて」

「わかった」

シリルを廊下で待たせた和利が教室へ向かうと、「早川くんってさあ」という女子の声が聞こえてきた。声から判断するに、さっきシリルを誘っていた二人のうちの一方だ。

「なあに？」

「うざいよね。いっつもシリルくんのこと構ってて」

「好きなんじゃない？　子供っぽいの、取られたくない独占欲って感じで」

「そうかも」

立ち聞きしてはいけないとわかっていても、彼女たちの尖った言葉は自然と耳に飛び込んでくる。

「だいたい、見た目も暗いし本ばっかり読んでて鬱陶しすぎ。それでシリルくんのこと邪魔して何がしたいわけ」

「今日もあんたが早川くんのこと呼ぶから焦っちゃった。来られても困るってば」

明らかに悪口を言われているのがわかり、和利は困惑した。

ここそこ教室に入っても気まずいのは考えるまでもない。しかし、プリントがなくては冬休みのあいだ不自由する羽目になる。

和利は覚悟を決めて、教室のドアをがらりと開けた。

「！」

和利の姿を認めた彼女たちはぴたりと話をやめ、いささかばつが悪そうにこちらを見ている。

「ど、どうしたの？」

「忘れ物」

和利は早足で自分の机に向かうとプリントを取り出して、鞄に放り込む。

「あ、そうなんだ……えっと、よいお年を」

「ありがとう」

礼は言ったが、よいお年をとは返さなかった。

それから彼らの顔も見ずに出入り口に向かい、戸をぴしゃりと閉めた。

シリルの顔を見れば気持ちも落ち着くので、急ぎ足でさっきの場所へ戻る。——と。

「ホントすごいよ、シリルくん。うちの塾入ればいいのに」

快活な話し声が聞こえてきて、和利は思わず歩調を緩める。シリルが誰かと話をしているようだ。またしても立ち聞きしてしまうが、邪魔したくはなかった。

ちらりとロッカーの陰からそちらを窺うと、シリルと女子生徒が楽しげに話している。確か隣のクラスの女子で、名前はよく覚えていない。

「大したことないよ。和利のほうが頭がいいんだ」

「かもしれないけど、全国で一番だよ。うちの先生も驚いてたもん」

いったい何の話だろう。

「それ、和利には……」

自分の名前が出てきたので、和利はロッカーの陰から一歩踏み出した。

「ごめん、待たせて」

そこで二人は口を噤《つぐ》み、会話が途切れる。

「いいよ、これくらい」

シリルは優しく微笑み、女生徒もぺこりと頭を下げた。

「もしかしたら、話、途中だった？」

まるで内緒話をされているみたいで、ひどく不愉快だった。

シリルを、この女子に取られたようで。

「いい、今終わったところ」

「何の話してたの？」

「このあいだの模試の話。シリルくんが全国一位だったの！」

彼女は頬を紅潮させ、尊敬のまなざしでシリルを見つめている。

全国で、一番？　シリルが？

「フランス語の試験ってあったっけ？」

「ないよ、そんなの」

彼女はおかしそうに声を上げて笑った。

「うちの塾の先生、ものすごく盛り上がっちゃって。シリルくんを特待生で入れたいって言ってた。早川くんも説得してくれる？」

理解できていない内容でも、そう言うことは可能だった。

「わかった、検討しておく」

「絶対だよ。……じゃあね！」

彼女は照れ臭いらしく、二人を置いて走りだしてしまう。

「模試って、何？」

「あ、えっと、誘われて受けたんだ。先月の日曜日」

「……先月の？」

「うん。和利、用事があって遊べないって言うし」

それは、和利もこっそり模擬試験を受けたから時間がなかったのだ。

あの模試をシリルも受けていたなんて。

和利と違って、シリルは上位の成績を収めたのだろう。だから、あの女子生徒の塾の講師も色めき立ったに違いない。

彼女は和利が受けたことを知らないようだったし、自分が箸にも棒にもかからない成績だったのは明らかだ。

「成績表、もう一度見せろよ」

「ん？　はい」

もう一度シリルの成績表を見た和利は、先ほど気にしなかった担任から保護者へのメッセージ欄に目を留めた。

『理解力は十分なはずなのに、試験では手を抜いているようです。高校進学にあたり、親御さんからもお話ししてください』

——そんな……。

もしかしたらシリルは、自分の前ではわざと出来の悪い生徒を演じていたのではないか。

被害妄想かもしれないけれど、なぜか、その結論には疑う余地がないと感じた。

そうであれば、今回のシリルに対する評価には納得がいく。

「…………」

「和利、どうしたの」

さすがに頭がパンクしそうになって、和利はシリルを無視して早足で歩きだした。

「ねえってば」

のほほんと声をかけられ、和利の苛立《いらだ》ちは一気に沸点に達した。

「ついてくるな！」

珍しく乱暴な言葉遣いになってしまい、シリルが怯《おび》えたように身を竦《すく》ませる。

――しまった。

こんな顔をさせたくないから、今まで彼のよき隣人でいようと努力していたのに――たかだかちょっと動揺したくらいで、自分は何をしているんだ。

でも。

でも、それですべてを納得できるほど大人になれない。

だって自分はシリルを――。

そこまで考えて、和利は自分の思考に慌てて蓋《ふた》をする。そうでなくては、何か恐ろしい結論に達しそうだった。

「だって、家、方向一緒だよ。今日はクリスマスパーティだし」

「うるさい！」

肩を摑まれて、その手を払いのけようとする。

だが、シリルの力は想像以上に強かった。

「ッ」

痛い。

顔をしかめた和利は、シリルを真っ向から見据える。彼は恐ろしいほどに無表情で和利は一瞬どきりとしたものの、すぐに何食わぬ顔で「痛い」と訴えた。

「え？」

「痛いってば」

「あ、ごめん」

非力だと思っていたシリルは、いつの間にかこんなに強い力で和利の肩を摑むようになっていたのだ。

すべてにおいて、負けつつあるのがよくわかる。身長だって、そうだ。いつしか目線はシリルのほうが上になっていたからだ。

たった一つ勝てると思っていた勉強でさえも、シリルには敵わないのだろうか。

嫌だ。

——こんなの、僕の知っているシリルじゃない。

シリルは、いつの間にか一人前になっていたのだ。和利の力なんて及ばない、手助けすら必要としない一人前の男に。

一瞬のうちに、和利はそれを悟っていた。

だったら、和利もシリルなんていらない。

だって、今の自分はどうだ？

あまりにもみっともないじゃないか。

シリルにくっついているだけの、鬱陶しくて冴えない男——それが自分に与えられる正当な評価だと気づかされて、悲しさと同時に恥ずかしさが和利を襲った。

こんなの、耐えられない。耐えられるわけがない。

「――――もう……嫌だ」

「え？」

「嫌なんだ。おまえとは一緒にいたくない」

「…………」

呆然《ぼうぜん》としたシリルが何かを言おうとするのがわかったが、和利はそれを取り合わなかった。

シリルとはもう絶対に、一緒にいたくなかった。

大学のキャンパスは、人、人、人――人で溢れている。

入学式とオリエンテーションの案内という校内バイトを終えた和利は、あまりの人にうんざりしながらあたりを見回す。

和利はサークルに所属しておらず、学生生活は勉学と書店でのアルバイトの二本立てで頑張っていた。

それにしても、歩くのもうんざりするような人波だ。

奇抜なコスプレをしたり、プラカードを持ったり。なるべく目立ってサークルに新入生を入れようとしているのだろう。

ちゃらちゃらしたサークルは性に合わないし、かといってミステリー研究会やSF研究会で議論を戦わせるのも気休まらなさそうだし、結局サークル活動はしていない。

「和利！」

一年生と間違えられてサークル勧誘の学生たちに捕まらないよう、器用に避《よ》けて歩くテクニックは持ち合わせている。そんな和利に、誰かが声をかけてきたようだ。

気のせいだろう。

自分の名前はありふれているとは言わないが、珍名でもない。同名がいたところで、おかしくはなかった。そんなわけで和利は相手の声を無視していたのだが、彼は「和利ってば」としつこく呼びかけてくる。

今のところ同じ大学に、高校時代の友達はいないはずだ。和利の努力の甲斐あって一人だけ名門大学に入れたというのと、それから、自分を呼び捨てにするほど親しい友達がいないという意味でもあった。

そう思って無視しかけたところで、またしても「和利」と呼ばれた。

渋々振り返ったとき、誰かが近づいて来るのがわかった。

逆光で一瞬顔は見えないけれど、その煌めく髪の色は確認できた。

蜂蜜のように美味しそうな、金……。

「会いたかった！」

避けるまでもなくするっと首に腕を回されて、力いっぱい抱き締められた。あまりのことに、和利は絶句する。

相手の胸に顔を埋《うず》めるかたちになり、和利は呆然とした。

「よせ！」

一瞬、惚《ほう》けたのちに両手で二の腕を摑んで急いで彼を押し退《の》けてから、和利は相手を間近で見つめる。

長身で、陽光に照り映える鮮やかな金髪。

驚くほど端整で、ひとつひとつのパーツが彫像めいた繊細な顔立ち。

スーツ姿もぴしっと決まっていて、ほかの新入生たちもスーツを身につけているのに、まるで違う『本物』のオーラを纏《まと》っている。

——まさか。

「おまえ、シリルか？」

ぼそぼそと呟かれた和利の言葉を聞いて、シリルは「うん」と屈託なく笑った。

「わからなかった？」

「いや、わかった、と思うけど……」

四年離れていたあいだに、ずいぶん背が伸びた。和利のことは完全に見下ろしているし、何よりも、可愛い美少年というのが相応しかったシリルは、気づくと目映《まばゆ》いばかりの美青年になっていた。

その存在感と華やかさに圧倒されてしまう。

ヨーロッパ系の美少年というのは、成長するとそれなりに劣化するものだと思っていた。再会したら顎《あご》が割れて筋肉だるまみたいになるだろうと思っていたのに、シリルはイメージ以上のよい方向への変貌を遂げている。

あまりのことに見惚《みほ》れるしかない和利に、シリルは一度ゆっくり瞬《まばた》きしてから、「見惚れてる？」と悪戯っぽく聞いた。

「びっくりしただけだ」

「そうなの？　四年ぶりなのに、それくらいの反応って残念」

前よりもずっと日本語が流暢になり、言い回しも砕けている。

「驚く理由はない」

「それなら、久しぶりの再会の感激は？」

「ない。でも、おまえに苛立ってはいる」

「どうして？」

「おまえが勝手に転校したからだ」

「あ、高校のとき？　だって、途中から、口を利いてくれなくなったじゃないか」

「僕のせいか？」

「無視されるくらいならそばにいないほうが楽だと思って……逃げたんだ。ごめんなさい」

思春期の入り口にいた和利にとって、女生徒たちの悪口を聞いたことは辛《つら》すぎた。また、シリルが和利よりもずっと才能があるのに、和利に遠慮して自分の能力を実際より低く見せているのではないかという疑念に苛《さいな》まれるのは、耐えがたかった。

自分がそばにいても、シリルのためにはならない。

それどころか、シリルの成長を妨げる存在になってしまう。

自分がシリルの邪魔者になっているのに気づかされて、身を退《ひ》くことにしたのだ。無論、少しくらいは拗《す》ねた気持ちもあったのだが、そんな幼さはほんのわずかだ——ということにしておきたい。

いずれにしても、あれから和利はクリスマスが大嫌いだ。

「ごめん、意地悪言って。でも、ずっと和利に会いたかった」

「僕は……」

「会いたくなかった?」

先回りされてしまうと、答えようがない。

よくわからないという言葉を和利は心の中に閉じ込め、強引に話題を変えようとする。

「それよりおまえ、どうしたんだ。大学見学か?」

「和利と連絡取れないから、ここなら会えるかなって」

「どういう意味だ」

大袈裟《おおげさ》だ。単に、何度か来る手紙を無視しているだけじゃないか。

それに、こちらだって受験で忙しかったのだから仕方がなかった。シリルも本気で連絡を取るつもりなら、両親にコンタクトをすればよかったはずだ。

とはいっても和利は受験が終わったあとも連絡をしなかったが――その点は誤魔化《ごまか》しておく。

「おじさんとおばさんに聞いてもよかったけど、それじゃずるをしてる気がして、自分で和利を迎えにこようって決めたんだ」

見透かしたような発言に、反撃を封じられたような気がする。だから、和利は自分が気になっているところを尋ねることにした。

「待て。迎えにってどういう意味だ？」

「言葉どおり。僕の大事な和利を迎えにきたから、ここで待ってたんだ」

その過剰な修飾語のせいで、シリルの真意がいまいちぼやけて感じられる。

「こんなところ、人が多すぎて……見つかる保証はないだろう」

「でも、見つかったし。終わりよければすべてよしって言うじゃない？」

昔から彼はこういう、脳天気で運を天に任せるようなところがあった。

「まだ、何も終わってない」

なかった。


「あ、ごめんね。言葉のアヤだよ」

眉を顰める和利を見やり、シリルはまるで屈託がない。

それにしても、目立つ。

にこやかに笑えば眩しいばかりで、太陽のように強烈な魅力を放つシリルに見惚れるしかなかった。

「えっと……おまえ、いつまでこっちにいるんだ?」

「ずっと」

「ずっと? じゃあ、日本に留学してるのか?」

矢継ぎ早の質問を耳にして、シリルは「そうじゃないよ」と優しく否定した。

「僕、今年から日本で働くことになったんだ」

「インターンで?」

大学を休学してインターンを選ぶ者は多くはないが、制度を利用すれば可能なはずだ。といっても、和利の知識ではまだどういう手段でシリルが休みを得たのかは不明だった。

どちらにしたって、シリルはまだ一年生か二年生。

インターン以外で日本に働きに来るのであれば、進学していないかとっくに卒業してしまったか——そのどちらかだ。

「大学は飛び級で卒業した」

「え？」

驚きに、胸がざわめいた。シリルの優秀さを知っている以上は、それもあり得るだろうとは思ったが、だからといって大学まで卒業しているのは驚愕《きょうがく》に値した。

「飛び級？」

「そう。早く社会人になってこの国に戻りたかったから。今は父の会社の日本支社にいる」

シリルは説明しかけて、それから和利の肩を叩いた。

「ねえ、こんなところで立ち話っていうのもよくないし、どこか入ろうよ」

「もう、おまえと話すことは何もない」

もっと話は聞きたい気はするものの、彼とは縁が切れたのだ。

これ以上構う必要はない。

だって、今ちょっと顔を合わせただけで、自分の中に押し込めたはずのコンプレックスが疼《うず》いているのだ。これ以上は絶対に無理だ。

「僕には、あるよ」

首を振ったシリルは、和利の右手をそっと摑んでそれにくちづける。

は？

一瞬我を忘れかけた和利だが、立ち直りは自分でもびっくりするほどに早かった。

「おい、何してるんだ」

さすがにそれを見咎めるような暇な者はいなかったが、それでも、狼狽《ろうばい》せずにはいられない。

シリルがどれほど目立つのか、どれほど人の心を捉《とら》えるのか、知り尽くしているのは自分のほうだったからだ。ともすれば、惨《みじ》めになるのは和利のほうだということも。

「僕は和利に会うために戻ってきたんだ」

「そういうお世辞はいらない」

「お世辞なんかじゃない。和利を、僕のものにしたいんだ」

「……どういう意味だ？」

日本語で言われているはずなのに、和利の理解を超えている発言だった。

こいつはいったい何を口にしてるんだ？

訝《いぶか》しげに彼を見やると、シリルは唇を綻《ほころ》ばせてやわらかな笑みを作った。

「好きだよ、和利」

「……寝言は寝て言え」

「起きてるから、寝言じゃないよ」

彼はそう言って、すがすがしく笑う。それが和利の神経を逆撫《さかな》でずると、知らないのだろうか。それとも知っていてそうしているのであれば、ずいぶんふてぶてしい。

「ほぼ四年ぶりに会ったのに、憎たらしい口ぶりだな」

「もう、遠慮するのはやめる。正攻法でいくことにしたんだ」

どういう意味なのか、まったくわからなかった。

「簡単には僕の気持ちは変わらない。あのときからずっと、和利を好きなんだ」

「何？」

「それを伝えに来た。これは起きているから、寝言じゃないつもりだ」

「………」

嘘、だろ？

あり得ないと断言したかったけれど、シリルの言葉がやわらかな音の塊となって耳から胸に滑り落ち、心臓を激しく刺激する。

信じる理由なんてないし、根拠もない。

けれども、シリルが自分を欺《あざむ》く理由もまたどこにもないのだ。

中学時代、自分が彼を無視していたことなど、シリルにとってみればどうということもないはずだ。意趣返しに妙な嘘をつく必要もないだろう。

「和利はどうなの？」

「どうって？」

「僕のことどう思ってる？」

「ただのうざったい知り合い」

信じ難い事態の連続に、そう言うのがやっとだった。

自分は中二のあの日、シリルを追いかけないと決めていたから。あのときからシリルは、そういう存在になった。そう思わないと、恥ずかしくて、悔しくて——苦しくて。

「好きって思ってないの？」

「考えたこともないね」

和利の言葉を聞いたシリルの顔がくしゃっと歪《ゆが》んだ。

特に自分を曲げたわけではないし、ごく普通の返答のつもりだ。

だけど次に込み上げてきたのは、何ともいいようのない後悔の念だった。

# 3

……眠れなかった。

まんじりともせずに朝を迎え、和利《かずとし》は寝返りを打つ。

懐かしいことをだらだらと思い出していたせいもあるが、それ以上に、苛立ちが自分を支配している。

中学生までそこそこ上手くいっていた二人の関係に破局が訪れたのは、あの模擬試験があったためだ。個人情報保護が声高に叫ばれる今の日本では、模試の結果をあんなふうに簡単に漏《も》らしたりしないだろうが、当時は違っていた。

離れていたおかげで関係はある程度安定していたのに、シリルが日本に戻ってきてからというもの、和利はずっと彼に振り回されっ放しだ。

かつてと違ってシリルは自分の能力を隠さず、誰が見ても光輝く存在になった。

和利に遠慮しなくなったせいだろう。仕事でも社交でも精力的に動き、マスコミにもシリルは注目されていた。

そのくせ、彼は前以上に無邪気に和利にまとわりつき、コンプレックスを刺激してくる。だいたい、子供の頃の恋心が仮に本当だったとしても、そんなもの、すぐに消えてなくなるに決まっている。なのに、大学で再会したあのときから十年近く経《た》っても、シリルの態度は一貫していた。

つまり、シリルは未だに自分に「好きだ」と言ってくる。そして、和利はそれを無下に却下し続けている。お互いに取り繕うのをやめた結果が、今の関係だ。

要するに、あれからずっと二人の関係は平行線だ。

ある意味、シリルはびっくりするほど忍耐強い。執念深いとかしつこいとかもっとマイナスの表現もあるが、シリルのような美形にはそれが似合わないのだから得だ。

欠伸《あくび》を噛《か》み殺した和利はのそのそと起きて、洗面台へ向かう。

和利が暮らすのは、ごくありふれた2Kのアパートだ。

就職と同時に入居したせいで壁紙は少し黄ばんできたし、取り柄は家賃の安さとそれなりに静かなことくらいだ。

そもそも最寄り駅から十五分という半端な距離が、不便さを醸し出している。だが、そのおかげで広さの割にさほど高くはなかった。

それでも2Kにせざるを得なかったのは、古書蒐集家《ビブリオマニア》を自認する和利の膨大な蔵書のせいだ。実家にも置かせてもらっているのだが、とにかく本の収納量が多すぎる。

部屋を選択する条件はどんなに古くても鉄筋が第一、陽当たりなんて不要だ。湿度が高くなければ、陽当たりは悪いほうが本が日焼けしなくていい。

それもあって、マンションを借りるときは内覧しただけでなく、設計の図面まで見せてもらった。自分の蔵書の重量に床が耐えきれるかが不安だったからだ。結果的にマンションの一階の部屋を契約することで落ち着き、あまり憂うことなく本の収納をしている。

数は少ないがいわゆる稀覯本《きこうぼん》――初版本や限定本などあまり一般には流通していない本――を集めているので、その保存状態にもかなり気を遣っていた。

「はあ……」

大きくため息をついた和利は、洗面台を思わず右手で叩《たた》く。

昨日シリルがやって来たのは夢だと思いたかった。だが、キッチンに戻るとテーブルの上には、昨日受け取ったクリアファイルと封筒が投げ出されていた。

冷静になって考えてみれば、シリルの提案は魅力的だ。相手がシリルでなければ転職し、一か八かの勝負に出ていたかもしれない。

だけど、今の職場だって厳しい競争の中でやっと勝ち得たものなのだ。憂鬱《ゆううつ》だから辞めますなどと言うのは、さすがに罰当《ばち》たりだ。

……いけない。これでは遅刻してしまう。

タイマーのおかげで炊けていたご飯を茶碗によそり、インスタントの味噌汁と納豆と豆腐を用意する。シンプルきわまりないメニューだった。

和利が苦手な食べ物はパンで、特にハード系のバゲットなど食べると口の中を怪我《けが》してしまう。どうやら口腔の皮膚が少し普通よりも弱いようだ。そのため、父の海外赴任についてアメリカで暮らしていたときも、食事には苦労した。

そんなわけで、和利の日常は和食が基本だ。

ご飯と麵類が好きなのに、給食はパン食が多かったので、残すと怒るような先生だったときは、昼食が憂鬱でならなかったほどだ。

きっとシリルはその外見どおりに、バゲットやクロワッサンを嚙《かじ》る洒落《しゃれ》た朝食を摂っているに違いない。

そういうところまで、自分とシリルは対照的だ。気が合うわけがない。

シリルもいい加減二人のあいだの埋めようのない差違を認識して、引き下がってくれればいいのに。

昔も今も、シリルには、さんざん振り回されている。

いつも「好き」「大好き」「そばにいたい」——そんな甘ったるく破壊力のある言葉を振り翳《かざ》して、和利を困らせる。

ただの友達なんだから、あまり過剰な感情表現はよしてほしい。

そのうえ追い払っても追い払っても近づいてくるので、いっそのこと自分に恋人ができればいいのではないかと思ったこともある。

実際、神経質で生真面目《きまじめ》な和利でも大人になると涼やかな容姿と言ってもらえるようになり、いい感じになる女性もいてそこそこにもてた。

だけど、仮にもててみたところで、シリルのせいで結果的に何の意味もなかった。

彼女と一緒にいようと何だろうと、シリルは和利にまとわりついた。

それを見た彼女たちがシリルに惚《ほ》れてしまうのではない。こんな素敵な男性がいるなら親友同士のほうが気楽だろうし、そもそも相手にされるわけない——などという謎《なぞ》の敗北感を覚えて自ら去ってしまうのだ。

親友なんかじゃないのに。

一方的に和利につきまとうシリルは、自分にとっては疫病神同然だ。

友達を取られたくないシリルが裏から手を回して別れさせているのかと思ったが、彼はそこまで下衆《げす》な人物ではなかった。

異性同士でそんな無駄な争いはせず、シリルのことも笑って受け流してくれればいいのに、彼女たちがどうして別れを選んでしまうのかが不明だった。

きっと、和利に対してそこまで本気でなかったということなのだろう。

「くそ……」

またシリルのことを考えてしまっている。

それもこれも、昨日、シリルが突然自分の前に現れて仕事の話なんて振ってきたせいだ。

いつだってシリルは思いつきのように和利の目の前に姿を現し、そして、掻《か》き乱す。

できることなら明鏡止水の心境で生きていきたいと思うのに、シリルがそれを許さない。

いったいどんな権利があって和利の心を乱すのか、教えてほしかった。

苛々《いらいら》しつつ和利は家を出たものの、読書をしながら地下鉄に揺られ始めた頃には、すっかり機嫌を直していた。

こういうところで、自分はとても単純だ。

いつもどおりの心境で出勤して同僚に挨拶をし、朝のミーティングが終わると業務開始だった。

午前中、カウンターの裏側で返却されてきた本の整理に従事していた和利は、返却ポストに入っていたという一冊のベストセラー本のページを捲《めく》って目を剝《む》いた。

「‼」

——何だこれ……。

ハードカバーの分厚い本の中ほどが、まとめて破れている。故意に切ったのではないだろうかと邪推したくなるくらいに、思い切り力をかけてわざと引き裂いたような惨状だ。

事故で破れてしまうことは希《まれ》にあるからと、和利は気を取り直す。

けれども、横から見ても一目瞭然なほどにページの小口ががたがたになり、閉じた本が不自然に膨らんでいた。完全に千切《ちぎ》れているところは、数えてみると十数ページに及んでいる。

これでは、気づかないで返却するほうが難しい。

しかも、返却した人物はまるで頓着しなかったらしく、修復しようとした痕跡《こんせき》さえ見られない。

もちろん、手の施しようのない状況なのだが、これは酷《ひど》すぎる。

貸し出した相手はすぐにわかるので、問い合わせの電話をしなくてはいけない。一応、本に何か問題があったときは電話連絡していいかという条項を、個人情報保護の点から図書カードを作るときに聞いていたからだ。

本にこんな仕打ちをしても気にも留めない相手と話せば、不愉快な思いをするであろうことは目に見えている。

だが、これも仕事。仕方なかった。

『はい、田沼《たぬま》です』

「市立図書館の早川《はやかわ》と申します。本日返却された本について伺いたいのですが」

『ああ、あれ？』

想像以上にあっけらかんとした口調だった。

『うちの子が破いちゃったんです。ごめんなさいね』

「……図書館の本は公共物です。著しい破損に関しては、弁償していただくことになります」

言葉を選んだつもりだったが、電話口の相手は『まあ！』と甲高い声を上げる。きんとした声が受話器から漏れ、鼓膜に突き刺さりそうな気がして和利は顔をしかめた。

『あなたね、分別のつかない相手なのに、何を言ってるの？』

「お子さんが小さいのはわかりますが、これは皆の財産なんです」

『うちの子は犬よ。失礼ね！』

激しい剣幕に、向こう三日分の体力は削られそうなほどに和利はげんなりした。

動物には罪はないと思うが、飼い主が悪すぎる。

こうした輩《やから》と連絡を取る機会が近年とみに増加したが、そのたびに、和利は途轍《とてつ》もない疲労感に襲われる。

そしてこういう相手との会話は、たいてい徒労に終わるのだ。

弁償をしてくれという要望は平行線に終わり、ぐったりと疲れて俯《うつむ》く和利に、女性司書が声をかけてきた。

「どうかしたんですか？」

「いえ、どうしたっていうか……また返却トラブルで」

「ああ、破損？　面倒ですよねえ」

和利の手許を見やり、彼女もうんざりとした顔になる。

図書館の本は公共財という意識がない利用者が増えたのか、この手のトラブルはしょっちゆうだ。

おまけに、本日破損があったのは半年先まで予約でいっぱいという大ベストセラーで、次の予約がある。予備なんてもちろんないし、弁償の交渉をしていたら日が暮れる。

修理も間に合わないし、こんな本を貸し出せば、クレームが出るのはまず疑う余地がない。そもそも読み通すことが不可能なほどの汚損なのだ。

これは書類を提出して買い直さなくてはいけないだろうな、と、和利はもう一つため息をついた。


頭が痛い。

胃も重く、食欲がなかった。

本を愛する人間は、本を粗略に扱われると落ち込むのだ。

そのうえ地下鉄から降りた帰り道で見かけたあの書店は、シャッターが下りたままだ。

閉店のご挨拶の紙はビニールに入れて貼られていたが、ガムテープが半分剝《は》がれて、今にも吹き飛ばされてしまいそうだ。

そんなこと一つにも時間経過を感じ取り、せつない気持ちが押し寄せてくる。

閉店したあと、空いたテナントには関係者すら来ないのかもしれない。

去る者は日々に疎し。

それと同じように人間関係も風化して劣化していくのが基本なのに、シリルは和利を忘れなかった。

それだけでも賞賛に値するのかもしれない。

なのに彼を手放しで褒められないのは、単純に和利の意地とコンプレックスのせいだった。

そんなわけで疲れ切って帰宅した和利を迎えたのは、人待ち顔のシリルだった。

ご丁寧にマンションの入り口のところで佇《たたず》み、寒そうにコートの襟《えり》を立てていた。

「シリル」

呼びかけてからしまったと思ったが、後の祭りだった。

和利の声に反応してぱっと顔を上げたシリルは、鮮やかに笑う。

「お帰り！」

いったい何が楽しいのかと思えるほどに、屈託のない笑顔だ。

「……何だ、シリル」

「差し入れだよ、はい」

シリルはそう言って、ずしりと重い紙袋を和利に手渡した。マンションの薄暗い照明の下で見ると、それは青柳堂《あおやぎどう》の近くにある和菓子屋の包み紙だ。

「つなしの大福？」

「うん」

「わざわざ並んだのか？　あそこ、一時間待ちって噂だろ」

材料を厳選するので一日に販売できる個数が限られていると噂《うわさ》の大福は、お持たせとしても自分用としても根強い人気を誇っている。甘党で特に和菓子、あんこが大好きな和利にとっては嬉しい差し入れだったが、手放しで喜ぶほど素直じゃない。

「よく知ってるね。さすが甘党」

「秘書を並ばせたのか？　気の毒だろ、私用に使って」

「ううん、僕が自分で」

けろっと答えるシリルに和利は目を剝き、彼をまじまじと見つめる。

「おまえが？　一時間も？」

「正確には六十七分だよ」

呆《あき》れてぽかんと口を開ける和利に、シリルは平然と訂正した。

「目立っただろ、それは」

「どうだろう？　僕はいつもと変わらないつもりだけど」

「……はいはい」

冗談じゃない。

頭の天辺《てっぺん》から爪先《つまさき》まで、どこもかしこも上等にできている男だ。ただいるだけで目立つし、マンションの外廊下でこんな会話をしていたら、他の住人にじろじろ見られるのは想像の範囲内だ。見られるだけならまだしも、シリルのことを聞かれたりするのは嫌なのだ。

「大福で僕のご機嫌取りか？　おまえらしいな」

「気に入った？」

「金で歓心を買われてるみたいだ」

「お金を使うんだったら誰かを雇って並ばせてる。僕は、自分で手に入れたかったんだ」

ただの友人に対して紡がれるには甘すぎる言葉に、窒息しそうだ。目眩《めまい》すら覚え、和利は右手でこめかみを押した。

「ご苦労なことだな」

「和利が喜ぶ顔を見たかったんだ」

「これくらいで」

「嬉しくない？」

「……嬉しいよ」

渋々答えると、シリルは「よかった」とやわらかく笑った。

「でも、金も時間も僕のためにかける必要はない」

「あるよ」

「どうして」

「和利が喜ぶものにお金がかかるなら、使うのは惜しくない」

「それは、何だって盗むわけにはいかないだろう」

「無駄にお金を遣うつもりはないってこと。和利が喜ばないことにお金を遣っても、意味がないもの」

これでは、和利が一方的に甘いフレーズの集中砲火を浴びているも同然だ。

「もういい。とりあえず、これは有り難く受け取っておく。じゃあな」

「待って」

身を翻《ひるがえ》したところで引き留められて、和利は心中でため息をつく。

嫌ならばここで突き放せばいい。

だけど、シリルが淋《さび》しそうな顔をするのがわかっていたので、放っておけない。

仏頂面《ぶっちょうづら》で振り返った和利は「何だ」と聞いた。

「このあいだの話。『アンジェリカ』のプラン、考えてくれた？」

そう期待で輝く顔つきをされても、困るだけだ。

図書館カフェ・アンジェリカはスペインのアンジェリカ図書館から名前を取っている。企画書は夢物語のようだったが、癪《しゃく》に障ることにシリルはその夢を叶《かな》えられる財力があった。

正直に言えば、シリルの誘いに心はぐらついている。

けれども、和利には自分で選んだ仕事というものがある。

仕事は社会人の生活の根幹をなすものだ。

それは自分で手にするものであり、シリルに与えてもらうようなものではない。金持ちの道楽につき合わされるのは御免だ。

何かを答えようと思ったときに、シリルがくしゃんとくしゃみをする。憎らしいことに、シリルはくしゃみ一つをとっても優雅で上品だ。

「ごめん」

それから、もう一度くしゃみをする。

……ああ、もう！

シリルに風邪を引かせるわけにはいかない。昔の記憶のせいもあるが、それはやはり言い訳かもしれない。これは和利のわがままだ。喉が痛くてその綺麗な声が掠《かす》れたら、それを聞くのも鬱陶しくなる。かといって、その蒼い目で自分を見つめるときに充血しているのも嫌だし。とにかく、シリルの不調は許せない。

和利はくるりと身を翻すと鍵を穴に差し込む。それからドアを半分ほど開いて「入れ」とぶっきらぼうに言った。

「うん！」

部屋に入ったシリルは「お邪魔します」と言って、もの珍しそうに部屋を見回す。

ごくありふれた玄関だ。作り付けの白いシューズボックスに、傘立て。来客などないので、スリッパはもちろんなかった。

白いクロスが張られてフローリングという部屋自体はごく質素でありふれており、そんなふうに、じろじろ見られるほど個性があるわけじゃない。

リビングに向かおうとするシリルに、「こっちだ」と和利は告げる。

「え？」

「先にうがいと手洗いだ。おまえが風邪を引くと困る」

「……うん」

和利がうがい用に新しいマグカップを持っていってやると、本棚の前に立っていたシリルが「ありがとう」と微笑んだ。

一連の儀式が済み、ソファに腰を下ろして彼はにこやかに笑った。

「広くはないけど、居心地いいね。和利らしい部屋だ」

「どうも」

お茶を出してやるのも面倒だが、部屋があたたまっていない以上は寒いかもしれない。加湿の意味もあるのだからと自分を納得させるのに十分な理由をつけ、和利はやかんを使って湯を沸かし始めた。

「それで、さっきの話なんだけど」

「お断りだ。僕にはもう定職がある。おまえのことだから、職場まで僕の様子をこっそり見にきたんだろう?」

そうでなくては、和利を誘ったりするわけがない。

働いているうちに神経が擦り切れそうになる自分を、どこかで見られたに違いない。

「まさか。目立ったりすれば、和利の迷惑になる」

「そんな常識的な判断ができるなら、どうして僕にしつこくするんだ」

もっとも、自分と一緒に働かないかとは大学の卒業時にすでに誘われている。それが絶対に嫌だったから、和利は自分の希望どおりの職に就こうと死にものぐるいで頑張った。

厳しい倍率をかいくぐって今の職を勝ち得たのも、ある意味ではシリルのおかげなのかもしれない。

「和利、今の仕事、好き?」

痛いところを突かれて、和利は唇を嚙む。

「——好きだよ」

そうだろうか。

就職したときの夢と希望に溢れていた自分の心はすでに摩耗《まもう》し、もう最初の晴れ晴れとした気持ちで、純粋に好きとは言えなくなってしまっている。

ただ、シリルに対しての意地やこだわりでこの仕事を続けている。

「そうだね。きっと好きだと思うよ。だけど、それと同じくらいに苦しそうだ」

「苦しくない仕事なんて、ない。好きなだけの仕事ができる人間は、ほんの一握りだ」

「でも……僕は和利にそんな顔をさせたくない」

真摯《しんし》なまなざしで見つめられて、言葉が出てこない。

茶を淹《い》れるために立ち上がった和利は一呼吸置いてから、無理に別の話題をひねり出そうとした。

だが、どうしても思いつかない。

結局は、またもとの主題に戻っていく。

「だいたい、どうして僕にそのカフェの店長をやってほしいんだ？　接客経験がないのは知ってるだろう」

「接客は従業員に任せておけばいいじゃないか。和利の書籍に対する知識はすごいからね。和利のコンセプトどおりのカフェを作れば、きっと本好きには受けるよ」

それだけ？

無論自分の能力を認められるのは嬉しいが、それでは物足りない。

もっと褒めてほしい、ちっぽけな自尊心を満たしてほしいなんて、まるで子供だ。

――みっともない。

「僕は意味もなく施しを受けるつもりはない」

「施しじゃないよ」

「君がどう思おうが、僕にとっては施しなんだ」

違うよ、と彼は笑って首を振った。

「僕は好きな子を振り向かせたくて、なりふり構わずやってるだけだよ」

「たかだか友達に対して大袈裟だな」

「ただの友達なんかじゃない。僕は、君を自分のものにしたい」

「は？」

「好きなんだ」

それこそ呆然とし、和利はそのままシリルを凝視した。

だが、あいにく、シリルの顔には答えなんてものがいっさい書かれていなかった。

どういう冗談なんだ。

「……意味がわからない」

和利の返答を聞いたシリルは、今度は彼のほうが戸惑ったらしく、眉根を寄せる。

まるで迷子になったちっちゃい子供みたいな、顔。

そんな頼りない表情を大人がするのは反則だ。

「ずっと言ってたじゃないか、好きだって。今更わからないなんて、それはないよ」

和利にとってシリルは、長らくただの昔からの友達だった。それ以上の感情は抱《いだ》いていない。

「確かにおまえが僕を好きというのは聞いていたけど、恋人にしたいとか、そういう意味で好きなのか？」

「そうじゃなかったら、あんなにしつこく言わないよ」

「一度言おうと思っていたけど、僕たちは男同士だ」

「わかってるよ、幼馴染みだ。でも、僕は和利に対してそれ以上の感情を持っているんだ。──それじゃ、いけない？」

「いけないに決まってるだろ」

「一度言おうと思ってたなら、和利だって気づいてたんでしょ？」

「…………」

ふわふわした綿菓子みたいに甘ったるい、「好き」という感情。それが友情から多少逸脱したものだとは何となく認識していたが、深く考えたことはなかった。

いや、違う。シリルの指摘どおり、薄々気づいていた。でも、怖いから目を逸らし、それ以上の意味なんてないと、和利は今さっきまで勝手に思い込もうとしていた。

今更、本気で好きだと言われてそんなに熱っぽい瞳で見られても……困る。

「僕は……おまえを抱き締めたいとか、何かそういうことをしたいとか、まるっきり思わない」

「抱き締めるだけじゃ足りないよ」

熱っぽいシリルの言葉に、和利はまさしく凍りついた。

自分たちは、もう子供じゃない。

彼の言う好きという感情は、より濃密な接触へと繋がっているのだとわかっていたからだ。

「知ってるよ。そういうことをしたがってるのは、僕だけだって」

どこか淋しげにシリルは微笑んだ。

「だから、こうやって縛ることにしたんだ。アンジェリカを作れば、僕はきっと和利を縛れる」

「僕は縛られたいなんて一言も言ってないだろう」

「でも、本当に嫌いだったら突っぱねるはずでしょ？　今まで何度だって、僕を突き放すチャンスはあったわけだし」

「それは屁理屈《へりくつ》だ。一度突っぱねたのに、おまえは諦めが悪いんだ」

そう、まさに屁理屈だ。

どんなに嫌でも家族だから、血縁だから、幼馴染みだから、そうした言葉でくくられてしまう関係というものはある。

シリルはまさにそれだ。

苦手なはずの彼が呼応して自分の心の中に入り込むのを許しているのも、彼が長いあいだ同じ時間を過ごした幼馴染みだからにすぎない。

それくらい、わからないシリルじゃないはずだ。

「だいたい、僕は施しを受けるのが嫌だって言っただろう。おまえが僕に好意を持っているなら、それが施しでなくて何なんだ」

「意味がわからないよ」

「わかるだろ」

益体《やくたい》もない言い合いに、頭が痛くなりそうだ。

「僕は和利に労働の場を提供し、和利は労働で返す。ちゃんと労使関係は成り立っている。僕は和利の働きに見合った額の給料しか支払わないつもりだし、好きだから破格の値段で雇ったりはしないよ」

「当たり前だ。でも、気分的には施しなんだよ!」

つい和利が声を荒らげると、とうとうシリルは「うーん」と口許に手を当てて考え込む。

「つまり、僕が何かを和利からもらえば、関係はフラットになる。そういうこと?」

「……そう、かもしれない」

昂奮したせいで、上手く思考できない。こんな和利を見たら、自分を冷静沈着と評する同僚たちはさぞや驚くだろう。

「かもしれない?」

「そうだよ。おまえが僕に寄越すものに比べて、僕が渡す労働力なんてほんのわずかなものだ」

「じゃあ、和利は何をくれれば見合うと思ってるの？」

「何って……お金とか？」

「そんなもの、和利からもらう必要はないよ。ほかに儲ける方法はあるし」

「それはそれで腹立たしいな」

尖った声で告げた和利を見やり、シリルは「ごめん」と笑った。

「いずれにせよ、お金を払うべき相手からお金をもらうのもおかしくない？」

「金は資本主義社会で一番価値がわかりやすいんだ」

「それは否定しないけど」

首を傾げたシリルは、それからぱっと顔を輝かせた。

「じゃあ、今度一日、デートしてくれる？」

「おまえと出かけるのは目立って嫌だ」

「選《え》り好みしてたら、等価交換にならないよ」

こんなものは堂々巡りだ。シリルは何を言いたい？　何を言わせたい？

シリル自身も、もしかしたらわかっていないのかもしれない。

ならば日延べしたほうがいいのかと思ったそのとき。

「あ、じゃあ」

ぽんとシリルが手を叩く。

こういう仕種に関しては、つくづく日本人的だ。

「躾をくれない？」

「……は？」

「躾。和利にとって仕事はすごく大事で崇高なものってことだよね。だったら、それに匹敵するものが欲しいんだ」

理解不能だった。

和利の辞書に、そのような言葉は書かれていない。

それでも何とか今の言葉を手がかりに考えてみると、つまり、和利にとってみれば日常の根幹にある『仕事』が、シリルにとっては『和利の躾』とイコールで結ばれているのか？

……だめだ。

全然等価関係じゃない。

何が何だか理解できず、考えているうちに頭が痛くなりそうだった。

「悪いが、意味がわからない」

珍しく正直に和利が真情を吐露すると、さもありなんというように彼は頷いた。

「つまり、愛人に店を任せるって、よくあるでしょう？　あれだよ」

日本だろうがフランスだろうが、そういう風習はよくあることだ。

「おまえはそんな不健全なことがしたいのか」

「うん」

呆れたことに、和利の嫌味を何の苦もなく受け流してシリルはにっこりと笑った。

「だから、僕のものになって」

今まで一度だって、シリルとの関係を上手く定義できたためしがなかった。

最初は幼馴染みだった。次は、よくわからずにつきまとってくるストーカー的存在。それが今は、自分の愛人になって店を任せてくれるのだという。

躰か……。

和利は心中で唸《うな》った。

こんな難題を突きつけられることになるとは、思ってもみなかったためだ。

「時間が欲しい？」

優しくおっとりした声だからこそ、かえって追い詰められつつある。

「…………」

どうする？

鬱陶しいくらいに懐いてくるシリルを躱《かわ》す手段が、和利にはもう残っていない。

突き放しても突き放しても、彼はついてくる。

今夜、家に上げてしまった時点で、もう、自分が彼に負けていることは決まっていたのかもしれない。

「和利、怒った？」

「いや、怒ってはいない」

「そうだよね」

脳天気なシリルの声に、苛立つ余裕すらなかった。

……いいじゃないか。

それが落としどころなら、それでいいのではないか。

どうせシリルは、いつかフランスに帰ってしまう。中学を卒業して、あっさりと和利を置いていったあのときのように。彼にとってこれは、刹那的な関係にすぎない。

この曖昧《あいまい》な関係にだんだん面倒になってきているのは、事実だった。

社長と雇われ店長と定義しても、幼馴染みと定義してもしっくり来ない。

おまけに社長と愛人では、関係性は対等という言葉の対極だった。

結局、シリルと対等になんて、絶対になれない。

これまで自分はどんな面でもシリルに負け、そのたびに劣等感と屈辱を味わってきた。だから、シリルを好きになんてなれないのだ。

どうあっても対等になれないならば、愛人という言葉で線引きしてしまうのが一番楽ではないだろうか。

熟考もせずにそんなことで自分の将来を決めていいのかとも思ったが、和利はもう疲れ始めていたのだ。

「……わかった」

「え、いいの？」

「だってそれしかないんだろう」

やけっぱちな結論を出した和利を、シリルは真剣そのものの表情で見据える。

「それは僕が和利を欲しがるってことだ。それでもいいの？」

「いいんだ」

「君を抱きたい」

「……くどい」

どう頑張っても、シリルには勝てない。

だったら、欲望ごと全部、シリルを呑み込んでやる。

そうすればもう、こんなコンプレックスになど苛《さいな》まれなくてよくなるかもしれない。

「意外と男前だね」

「意外はよけいだ」

「今すぐ欲しいって言ってもいい？」

怯《ひる》みそうになったが、もう後には退けないと自身を鼓舞する。

「いいけど、ここは嫌だ」

「和利の部屋なのに？」

「デリカシーのないやつだな。僕は毎日ここで暮らすんだ。全部終わってから、おまえのことなんて思い出したくないだろう」

和利の尖った言葉を聞いて、シリルは肩を竦めた。

「愛人にしては冷たくない？」

「僕の希望じゃないんだから仕方がない」

「わかったよ、条件を呑む。今から僕の部屋に来て」

決断するほかないのだ。

今、すぐに、ここで。


タクシーで移動するあいだに相手の頭が冷えて「こんな馬鹿なことはやめよう」という展開になるのを心の中で望んでいたが、それは甘い考えだった。

シリルの経営する私設図書館の一つである『青柳堂』にほど近い、広尾のテラスハウス。

超高層のタワー型マンションとは対極にある低層タイプの高級分譲マンションで、外から見てもその値段の高さは何となくわかる。

「こっち」

門の前でタクシーを降りたシリルが、和利の腕を摑む。

シリルの部屋に来るのは、初めてだった。車寄せから玄関へ向かい、セキュリティを抜けていく。

「いいのか、突然来て」

玄関の前で立ち止まり、和利はシリルの蒼い瞳をじっと見つめた。

「いいよ、べつに」

むしろ、どうしてだめなのかとでも言いたげなシリルの表情には、口にしない疑念が滲んでいる。

「隠したいものとか、人とか、そういうのはないのか？」

「隠し妻とか、いるわけないよ。僕は和利一筋なのに」

解錠したシリルが、躊躇《ためら》う和利の腕を摑む。

「はいはい」

和利はさらりとそれを聞き流そうとしたが、シリルがそれを許さなかった。

摑まれた腕ごと引き寄せられ、シリルのテリトリーに——彼の家に一気に引きずり込まれてしまう。

心臓が、ばくんと大きな音を立てる。

「僕のこと、本当に嫌い？」

「…嫌いではないけど、好きじゃない」

我ながらずるい、曖昧な態度。

これを改めなくてはシリルを突き放せないとわかっていたのに、それでも、どうしようもなかった。

「なのにセックスはできるの？」

核心に迫る質問には答えかね、和利はシュークロゼットのあたりに視線を投げる。

「子供じゃない。愛人になるからには、それが別のことだってくらいわかってる」

「……そう」

シリルは薄く笑って、和利の額《ひたい》にくちづけた。

その表情は皮肉か諦めか、判断がつきかね、和利の心を乱す。

「じゃあ、いいよ。しよう」

和利に部屋に入るよう勧めて、シリルがゆっくりと歩きだす。廊下はもったいないくらいに広く、おまけに左右にドアがある。ドアの色味は落ち着いた白木で、どこかあたたかみがある配色だった。

廊下のつきあたりはリビングルームのようで、広々とした部屋にはファブリックを張ったソファとテーブル。それから月並みにオーディオ。本が申し訳程度に収められたキャビネット。

シリルはさほど本が好きではないのだろう。教養として嗜《たしな》むが、おそらく、それ以上ではないのは見て取れた。

さんざん慰留されたのに会社を辞めて青柳堂の運営に乗り出したのも、ただの気まぐれなのだろう。

「していいんだよね？」

「くどいな。はじめからそう言ってるだろうが」

勧められたソファにも座らずに、和利は腕組みをして相手を睨んだ。

「そうだけど、確かめたかったんだ。和利の気持ち」

「気持ち？　恋愛感情は一切ない」

「わかってる。それでも、君が僕のものになる覚悟を決めてくれたことだよ」

「それがどうしたんだ」

何だ、そんなことかと拍子抜けする。

「僕にとってはエポックメイキングな出来事だ」

「横文字を使うな」

「つまり、すごく画期的ってこと」

「……意味はわかってる」

甘みのない会話だったが、いずれにしてもシリルは手放しで喜んでいるみたいだ。

変なやつだ。

本気で好きな相手に、条件付きでのセックスを許されるなんて、それで幻滅して嫌になったりしないのだろうか。

仮に最初はよかったとしても、あとから絶対に虚《むな》しくなるものだ。

そのときに二人の関係はずたずたに引き裂かれてしまうのではないだろうか。

……いや。

もうめちゃくちゃになってる。

シリルが自分に対して恋愛感情を持ってしまったときから。

ただの友達でいられなくなったときから、もうきっと後戻りできない。

この結果は、必然だった。

「シャワー、借りていいか」

「うん。バスローブ使う？」

「いらない」

風呂上がりはスウェットで十分だったが、そんなものはなさそうだ。

バスルームもまた機能的で、清潔そのもの。ラバトリーの洗面台は白い石にボウルが塡め込まれている。カランの金属部分にも水跳ね一つなく、アメニティもフランスのオーガニックブランドのもので、シリルは洗面所のクロゼットを開けて何枚もタオルを出してくれた。

白いタオルはふわふわで、触り心地がよい。

バスルームのほかにもシャワーブースが完備しており、和利はシャワーブースを使うことにした。できるだけ何の感慨も抱かないようにして、シャツとスーツを脱ぎ捨てる。鏡に映った和利の顔はひどくしょぼくれていたので、眼鏡を外してそれを直視しないように心がけた。

視界がおぼつかないせいで、ふらつきながらも急いで熱い湯を浴びてから部屋に戻ると、シリルはざっくりとしたニットにあたたかそうな厚地のパンツを合わせていた。

「何だ、しないのか？」

「そうじゃないけど。……和利、大胆だね」

シリルは風呂上がりに大判のバスタオル一枚を腰に巻きつけただけでリビングに戻ってきた和利を、目のやり場がないと言いたげな顔つきで、それでも嬉しげに眺めている。

眼鏡は外していた。

つけていても仕方がないし、いろいろなところをつぶさに見たくない。

「どうせすぐにするんだろう？　着るほうが面倒だ」

「僕がシャワー浴びるの、待たないの？」

「待つ分には構わない。さっさと入ってこい」

頭が冷えて、やめると言うかもしれない。だとしたらそれは己のせいではないし、プライドも傷つかない。

「ＯＫ」

「ベッドはどこだ？」

「この上だよ。ここ、メゾネットだから」

答えるシリルの目は炯々《けいけい》と光り、何を考えているのかよくわからなかった。

「そうか。待っててやるから、おまえもゆっくりお湯を浴びてこい」

「……それなら、もうしよう。来て」

「シャワー浴びたいんじゃなかったのか？」

「ここまで来て逃げられたら困るもの」

「見くびるなよ」

といっても、中断を期待しているのだから、気持ちはもう負けているのかもしれなかった。

怖《お》じ気《け》づく心とは裏腹に、極力平然と彼の背中を追いかける。

シリルの寝室はきちんと整えられていて、かたちばかり上掛けを毎朝直す和利の部屋とは大違いだ。シンプルなフォルムのベッド。広々としていて寝心地はよさそうだった。

「こんなに綺麗で……もしかして、この家では寝てないのか？」

「ううん。掃除はハウスキーパーが不在中にやってくれる」

「あ、そ」

本当に金持ちなんだな、としらけた気分になってしまう。

腕を引いたシリルに流れるように組み敷かれて、和利は小さく息を詰めた。

「！」

クッションがいいのか、ベッドは二人分の体重を受け止めても、微かに揺れるだけで軋《きし》むこともなかった。

「キスして、いい？」

押し倒しておきながら聞くようなことではなく、和利はふいと視線を逸らして口を開いた。

「……いいよ」

江戸時代の遊女じゃあるまいし、キスは嫌だなんて今更言うつもりはない。

それに、子供の頃にシリルにキスくらいはされている。

さほど、抵抗はなかった。

「ン」

服を脱いでから改めて覆い被《かぶ》さったシリルにキスをされて、全身をわずかに強張《こわば》らせる。

「ずっとキスしたかった」

ちゅ、となまなましい音が耳に届き、和利は頬を染める。

「べつに……そんな大層なものじゃ、ない」

「日本人はファーストキスを大事にする。それも僕がもらっちゃったんだよね？」

悪戯っぽく言ったシリルが、和利の唇を舌先でぺろりとなぞった。

「ふ…」

ということは、あのときのシリルは自覚があって和利の唇を奪ったのだろうか。

――まさか。

あのときはお互いに十の子供だった。

いくらシリルでも、そこまで頭が回るはずがない。そもそも、和利のほうがずっと早熟なのに、それに思い至らなかったのだ。

「口、開けて」

顎を押さえる手に力を込めながら言われて、和利は珍しく素直に従う。そうしながら、なぜそんなことを言われたのかに気づいて、口を閉じようとしたが、その前に何かがぬるんと入り込んだ。

「ッ」

くぐもった声が溢れる。

舌だ。

人間の躰の中で、自分の意志に従って体内から表出させられる数少ない器官。いつもはそれはあたたかな唾液の海に沈んでいるのに、シリルの舌が和利のそれを求めて侵入してきている。

やがてシリルは和利の舌に触れ、微かにノックするように、なぞるように舐《な》めてきた。

「んー……」

普段は隠されているものが、口中という深部で接触し合っているという事実。

それを思い知らされ、躰の奥底がじっくりと熱くなってくる。

「ふ、む……んうぅ……」

シリルとキスしている。

小さい頃からつかず離れずの距離でいたシリルと、こうして、キスを。

息が苦しくなるまでキスは続き、飽きたと思《おぼ》しき頃にシリルが顔を離す。和利はキスだけで額にびっしり汗が滲んでいるのを感じていて、己の格好悪さに情けなくなった。

「勃《た》ってるね、和利」

「ば…」

バスタオルの上から軽く触れられると、自分の状態がわかってしまう。羞《は》じらいに声を上げた和利を見つめ、シリルがふっと笑んだ。

「すごく、可愛い」

「どこがだ」

睦言だと知っていても聞き流せず、つい反論してしまう。

「僕の和利はとても可愛くて、それで綺麗だよ」

「は？」

「今夜君を僕のものにできるなんて、幸せだ」

シリルはそう囁いて、和利の唇をもう一度啄《ついば》む。

「男と寝るのは初めてなんだよね？」

「当たり前だ。僕を欲しがる……おまえみたいに奇特な男、ほかにいるわけない」

「よかった」

シリルはバスタオルを取り去りつつ、胸骨の中央あたりに膚の上からそっとくちづけた。

「好きだよ」

それだけで胸が震える。

何百回、いや、何千回と聞かされてきたはずの言葉なのに。

意味が違うと知らされたせいで、今までとはまったく違うものに響く。

これじゃまるで、甘い言葉で生娘《きむすめ》を誑《たぶら》かす悪い男に捕まったみたいじゃないか。

どうしてこの局面で、「好き」なんて言葉にときめいてるんだ。

何てことはない、ただのなまあたたかいキスだ。そんなものが肋骨《ろっこつ》のあたりにも落とされただけだと、和利は思い込もうとした。

ただ、シリルの金色に煌めく髪が見えるたびに、幼馴染みといけないことをしているのだという恥ずかしさに、胸の奥が痛くなる。

もう、戻れないかもしれない。

良好な関係とは言えなかったが、無下にしてしまってもいい間柄ではなかった。

なのに、和利の意地が二人の関係をこんなものにしてしまう。

「シリル」

やっぱりやめよう。

そう言おうとしたのだが、それより先にシリルが和利の性器を捕らえていた。

「ッ」

あ。

思わず息を呑んだところで、シリルがそこに顔を近づける。

まさかいきなりフェラチオなんて……嘘だろ？

「よせ、」

性器の尖端《せんたん》を舌先で抉《えぐ》るように舐められた途端、熱い波が和利を攫《さら》った。痺《しび》れが尾骨から脊髄《せきずい》までを一気に駆け抜け、頭が真っ白になる。

「あ」

驚いたようにシリルが呟く。

「わ、悪い」

信じがたいことに、和利は射精してしまったのだ。

シリルの口中に放つのも問題だが、顔を汚すのはもっとゆゆしき問題だ。

シリルの美しい顔に自分の精液をかけてしまったのに狼狽し、和利は思わず身を起こそうとする。その薄い肩を、シリルがそっと押し留めた。

「悪くないよ。僕と寝るのに、昂奮《こうふん》してくれた証拠だ」

「そうじゃない、」

「同じだよ」

囁いたシリルが、もう一度尖端に口をつける。今度は何をするのかとつい注視してしまったところ、幹を伝い落ちた残滓《ざんし》を辿《たど》るように舌先で舐め清めていく。

「あ……ッ……は……」

「和利の精液、美味しいよ」

「よせ！」

そんな恥ずかしいことを言われるのは、困る。

鋭く叱咤《しった》したがシリルはどこうとしなかったので、頬を赤らめた和利は自分の顔のあたりを両手で覆った。そうする以外に、この羞恥《しゅうち》から逃れる手段が見つからなかった。

「本当。濃くて、たっぷりあって……和利って淡泊そうに見えるくせに、こっちはすごく濃いんだね」

感心したようにそんな言葉を言われ、和利は耳まで赤くなった。

「嫌だ……」

「嫌じゃないでしょ。ほら、また元気になってきた」

「う…」

悔しいけれど、もう突っぱねられない。そう思った。

シリルを汚《けが》してしまったから。

すごく綺麗な、大事な、いつまでも飾っておきたいくらいに清潔な幼馴染みを。

よりによって自分の体液で。

「う、あ…いや……いや、シリル……」

いやらしく息を漏らしながら、シリルが和利のそれをしゃぶる。

気持ちよくて、怖い。嫌でたまらない。目尻《めじり》にいつの間にか涙が滲んでいたが、シリルは気にしなかった。

「…待て、もう……」

「嫌だったら僕を嫌いって言って、突っぱねて。お願い」

そんなこと、言えない。心にもないことは。

好きじゃないけど、嫌いでもない。

それは自分でもそう信じているから。

シリルのピンク色の舌が自分のものを舐めて、往復して、体液を舐め取る。舌が皮膚に触れるとそれだけで感度が上がり、神経という神経を直《じか》に指で弦《げん》のように爪弾《つまび》かれている気がした。

感じている。

気持ちがいい。

シリルのすることが、全部。

舌の動き、指の動き、膚に触れる息さえも和利を刺激して確実に酔わせていく。

「あ……」

口の中に、呑み込まれる。

「シリル、だめ……だめ……」

いつになく弱い声音で訴えたところで、状況はまるで好転しなかった。それどころかシリルは「可愛い」と目許を和ませ、小ぶりな性器をすっぽりと口中に含んだ。

「ッ」

弱気になったせいでいっそう熱心な奉仕を受ける羽目になり、和利はとうとう抵抗を諦めて力を抜いた。

心も躰も完全に昂《たかぶ》り、シリルと結ばれる昂奮に血が沸き立つようだ。なのに、理性だけは唯一冷えていて、これではいけないと訴えている。

でも、もう舌もよく動かない。

「可愛い、和利。また達《い》きそうだ」

「うるさい、も、い、から……」

「達かせてあげるね」

シリルがそう囁くと和利のものを口中に再び迎え入れ、ふくろをやわやわと指で優しく揉み込んだ。

「ー……ッ」

耐えられない。

きんと頭が弾《はじ》けるような刺激のあと、一瞬、どこかへ連れていかれるような。和利は気づくとシリルの口中に精液を放っていた。

「は……」

ひくひくと肩を震わせて息をする和利から名残《なごり》惜しげに顔を離し、シリルは「体勢、変えられる?」と聞いてきた。

「どうして」

「だって、これで終わりじゃないから」

「シリル、本気で……挿《い》れるのか……?」

和利は精いっぱいの勇気を振り絞って聞くと、シリルがごくあっさりと首肯した。

「うん」

「ゴムを…」

「わかってるよ。当たり前だ、それくらい」

頷いたシリルにほっとして、和利は力を抜いた。心臓は先ほどからどきどきしっ放しだ。

「一応、後ろからするのが楽なんだって」

「え……？」

「解剖学的に」

色気のない発言だった。

「お尻、上げて」

「どうして僕が」

「嫌だよね、やっぱり。だから、全部僕がしてあげていい？」

当たり前だろうと言いかけたが、シリルが真剣な面持《おもも》ちで言う。

「和利のお尻を持ち上げて、挿れられるようになるまでじっくり慣らして、拡《ひろ》げても構わない？」

「………」

さすがの和利もそんなことをシリルにやらせるのは耐えがたく、まだ汗が滲む躰を何とか反転させるとその場に這《は》い、肩を突いた。

顎と肩でバランスを取ろうとすると、そこにシリルが枕を入れてくれる。

それから、自分の尻の肉をそれぞれの手で摑み、左右に広げた。

「これでいいか？」

「嬉しいけど、もう少し開いて」

「どうして！」

「これじゃ、入らないよ。和利、僕のがどれくらいか知らないの？」

「……知るわけないだろう？」

「和利を泣かせたくないから、もっと大きく開いて？　それがだめなら、僕ができるだけ丁寧に解《ほぐ》してあげる」

シリルとはつき合いが長いが、局部をまじまじと見た記憶はなかった。

お互いに全裸とはいえ、振り返って膨らみを直視する勇気はない。

シリルは体格も立派だし、外国人だからもしかしたら顔に似合わず巨根という可能性もある。

考えるまでもなく、和利は「解せ」と要求していた。

「え、いいの？」

「いいから、さっさと解せよ」

和利は変わらずに高飛車《たかびしゃ》な口調だったが、受け止めるシリルはなぜか嬉しそうだ。

「指でゆっくり解していい？」

「好きにしろ」

「わかった。冷たいけど我慢してね」

シリルはベッドサイドの引き出しから小さな容器を取り出した。

きっとローションか何かだろう。

掌《てのひら》の上であたためられたそれを蕾《つぼみ》のあたりに塗りたくられ、和利は微かに顔をしかめる。

冷えてはいなかったものの、緊張していたのだ。

「和利の中、ちょっときついね」

「うるさい」

「褒めてるんだよ。和利のお堅い性格にはぴったりだし」

「悪かっ…」

言葉が切れたのは、シリルの指がある一点をぐりっと刺激したせいだ。

「ん？」

「く、ぅ…ッ……」

堪《こら》えるように声を漏らしていたのだが、そこに何かがあると気づいたシリルがそのポイントを執拗《しつよう》に揉《も》み始めた。

「あ、もしかして、ここ？」

「あ、あ、あっ」

気持ち悪いのに、気持ちいい。

そこを押されると、頭が真っ白になる。神経が断線したみたいにふっと途切れ、何もかもが消え失せていくのだ。

「ひあ、あっあ…あァ、よせ、や…ッ……」

「可愛い」

呟くシリルが面白がっているのか、そこをしつこく指で押される。

いつの間にか前が張り詰めているのに気づき、和利は焦ってしまう。自分だけがこんなに何度も射精していたら割が合わない。

「も、いい、だろ……」

やっとの思いで言葉を吐き出した。

「何が？」

「いいから、挿れろよ……」

「もう？　和利、これ、気持ちいいでしょ？」

「！」

きゅっとそこを揉まれて、一瞬、弾けるような光が見えた気がした。

息もできない。

「ほら、すごく感じてる。さすがに僕でも、自分のを挿れてここを押すのは難しいかもしれないよ。こんなふうに、指でするみたいに押すのは。だから、今のうちしておいてあげる」

天然にしては酷すぎるやり方に、和利は悲鳴を上げた。

「う、るさ……あ、あ、あっ、あ、あっ！」

「ほら、すごく感じてる。和利、気持ちよさそう。こっちもぬるぬるだ」

「んうっ、あ、あっ」

だめだ。

いろいろ考えていたはずなのに、もう、達きたい。

達きたい、達きたい……。

「だめ、シリル、それじゃ、」

「どうして？」

「いく、いっちゃう……また、いっちゃうから……やめ…ッ…」

やめろと叫ぶまでもなく、和利はまたしても放っていた。

もう、自分の精液で下腹部がどろどろになっている気がする。肩を突いたままの和利が震えていると、シリルが「泣いてる？」と気遣わしげに尋ねた。

「泣いて、ない……」

「そう」

どこか素っ気ないくらいの調子でシリルは呟き、それから、「また拡げて」と促《うなが》す。

「う……」

恥ずかしいけれどさっさと終わらせたくて、和利はシリルの言葉に従った。

「すごいよ、和利。さっきよりずっと開いてる」

「そう、か……」

「僕のこと欲しがってるみたい。お尻で達けるから、素質あるよね。それとも、躰は僕を受け容《い》れてるの？」

そんなわけあるか。

そう言いたかったが、もう言い争う気力もない。

今はさっさと挿れてほしかった。挿れて、終わりにしてほしい。

「挿れるね」

囁いたシリルが、突然そこに熱いものを押しつけた。

「え……」

まさか。

わかっていたはずなのに硬くなってしまう和利の中に、シリルは一気に突き進んだ。

「あー……ッ」

鼻にかかった声が漏れ、呑み込むことを忘れた唾液が溢れる。

入る。シリルが、中に、入ってくる。

熱い。

想像よりもずっとシリルは熱かった。

あんなにお人形みたいで、体温だってなさそうなのに。

いや、そんなことはどうでもいい。

募ってくる熱い感覚を紛らわせようとするように、和利はまるで別のことを考えていた。

だって、そうでないと、引きずられてしまいそうだ。

この、感覚に。

「まだ、奥まで入ってないんだ……ごめんね」

「え、えっ、あ、あっ……あーっ、あっ」

何をどうすればこの体内で暴れ回る感覚を吐き出せるのかわからずに、和利はただただ声を上げるほかなかった。

恥ずかしいとかみっともないとかそういう気持ちはあったが、今更だ。

「和利、すごいね。たくさん感じてるんだ」

「ち、ちがう、違う…や、やめろ、あ、まだ、いれるなっ」

自分が何を主張しているのか、混乱しきってわからなくなりそうだ。

「挿れていいって言った」

「違う、だって、いく、いく、いくっ」

また、達ってしまった。恥ずかしがってシーツを摑む和利の肩にくちづけ、シリルが熱っぽく囁く。

「ごめん、和利。でも、達く瞬間きゅうって締めつけて、すごく気持ちよかった」

「言うな」

「言わせて。嬉しいんだ」

やわらかな声が甘く鼓膜をくすぐった。

「すごく感動してる。和利は可愛くて、僕がこうやって動くとぴくぴくって中を震わせるんだ。気持ちいいって、中が訴えてるみたい」

「…そんな、こと……アッ、あっ」

「また動かしたね」

違う、シリルの言うことは嘘だ。こんなこと早く終わらせたいのに。

終わらせたいのに、すごく気持ちいい。終わりにしてほしく、ない。

「和利、痛い？　怖くない？」

「怖く、ない……」

「じゃあ、気持ちいい？」

「……いい」

ため息をつくようにそう答えたが、シリルはそれだけでは許さなかった。

「ちょっとじゃだめだよ。僕だけすごくいいのは、よくない」

「すごく、いい」

渋々素直に答えた和利に対して、シリルがふわっと笑った。

「よかった。僕もいいよ、和利」

熱っぽく告げたシリルが腰を動かし、和利の髀肉《ひだにく》を抉《えぐ》ってくる。

「好きだ」

返事をする余裕なんて、どこにもない。

「好き、好きだ……」

「は、ふっ……あ、あ、あっ、ああっ……」

頭がおかしくなりそうだ。

心も躰も掻き混ぜられて、和利は息を弾ませるばかりだった。


「おはよ、和利」

ベッドに肘《ひじ》を突いて自分を見守っているシリルの視線に気づき、和利は頬を染める。

何がどうしてこうなったかは、わかっている。

「……おはよう」

喉が痛い。

セックスは初めてではないけれど、昨夜はシリルとついに寝てしまったのだ。

おかげでひどく気まずかった。

しかも昨日の自分は、やけに開放的になっていたのか、結構喘《あえ》いでしまった気がするし。

この高級そうな部屋ならば隣室に丸聞こえということはないだろうが、それにしたってあんなにあられもない声で……。

「ご飯作るから、ちょっと待ってて」

嬉しそうに言ってのけたシリルが身軽に立ち上がったので、和利は急いでそれに合わせて動こうとした。

だが、躰がひどく重くて、言うことを聞きそうにない。

代わりに、「……おい」と不機嫌な声を作って呼んだ。

「ん？」

薄地のカットソーを身につけたシリルが、対照的に、至極上機嫌に振り返る。

「何か言うことないのか？」

「愛してる」

即答だった。

「そ、そうじゃないだろ」

和利は苛立って頬を赤らめたままシリルを睨みつける。

「一度セックスしたからって、そういうべたべたしたのはなしだ」

「べたべたしたの？」

「だから、朝食作ったりとか」

「愛人になっても、和利はドライなつき合いがいいってこと？」

「わかってるじゃないか」

察しがいいというか、飲み込みがいいのは、助かる。

「ふうん。でも、朝食は作るよ」

シリルは何ごともないように、結論づけた。

「何で」

「だって、友達だよ？　幼馴染みが泊まりに来たらご飯くらい作るでしょ」

ずきり、と胸が痛んだ。

何だ？

「僕は愛人じゃないのか」

「仕事の上では愛人だけど、プライベートでは幼馴染み。そのほうが和利には楽じゃないの？」

「僕が楽なほうを選ばせてくれるなんて、ご親切だな」

「まあね」

錯綜《さくそう》しすぎだと思うが、シリルがそれで納得しているのなら、それでいいのかもしれない。

だって、それしかないのだ。

二人の関係はもう、決まってしまったのだから。

# 4

「…………」

コート紙の厚いカタログを捲《めく》りながら、座り心地のよいソファに陣取った和利《かずとし》は眉間《みけん》に皺《しわ》を寄せる。

ついでのように、ため息も零《こぼ》れた。

数センチ四方の壁紙の見本を貼りつけたページが、あとどれだけ続くというのだろう。

不動産屋と協力してアンジェリカの店舗を探してきたのは、シリルの秘書の女性だった。

和利自身も物件探しも協力したかったのだが、司書の仕事を辞めるにあたって引き継ぎが上手《うま》くいかなかったため、思うように時間を取れなかった。それで人任せになってしまったのだ。

挙げられた候補地は秋葉原にあるにしては少し静かな点は気に入ったし、悪くはない。反対する理由はなかったので、契約は彼らに任せた。

あとは内装工事の発注と、蔵書集め。それから、アルバイトの面接など諸々《もろもろ》が残っている。

蔵書は和利も惜しみなく提供するつもりだったが、そうなるとかなりジャンルが偏っている。もっと幅広く本を揃え、本好きの心をくすぐらなくてはいけなかった。

シリルの部屋を訪ねたというのに、むっつりとした顔でカタログを捲る和利のうなじに、背後から近づいてきたシリルがくちづける。

「ね、和利」

返事をせずに、和利はカタログのページを次に進める。一応コンセプトに沿って分かれているものの、似たような柄ばかりでだんだん飽きてきていた。

「和利ってば」

「うるさいな、何だ？」

根負けした和利が渋々問うと、シリルが背後から囁《ささや》いた。

「しよう？」

うなじのあたりにくちづけられ、和利はひくんと震えそうになる。だが、それをシリルに気取《けど》らせないように努めつつ「忙しいんだ」と答えた。

「少しくらいいいじゃない」

和利の色気がなさすぎる返答にもめげずに、シリルが甘ったるい声で誘いかけてくる。けれども、彼の要求に従う暇はない。

アンジェリカの店長を引き受けた手前、和利にはこの仕事を完遂する義務がある。

だが、計画は初期段階ですでに遅れが出ているのだ。

「だめだ。僕のせいで内装が決まらないんだ。早く工事に入らないと」

「ちょっとくらい遅れたっていいよ」

むっとした和利は、顧《かえりみ》てシリルを睨《にら》む。

「それだけ家賃が嵩《かさ》む。遊ばせておくわけにはいかないだろう」

「だって、和利が相手をしてくれないのは淋《さび》しいんだ」

「普段から、相手をしてるつもりはない。いつもと同じだ」

「……そう？」

すこぶる意外そうに問われて、和利は何が言いたいんだと眉を顰《ひそ》める。

「これは幼馴染《おさななじ》みとして当然のことをしているだけだ」

「ふーん」

拗《す》ねたような口ぶりだけど、シリルが本気でないのは知っていたから気に留めない。

「おまえにとって、この事業が道楽なのはわかっている。でも、だからこそ、僕は成功させたいんだ」

「道楽じゃないよ。お金を出すからには、僕だって本気で軌道に乗せたいと思ってる。すぐに潰《つぶ》れるようじゃ、和利を束縛できないし」

「動機が不純だな」

「趣味と実益を兼ねてる」

「おまえは不真面目《ふまじめ》なんだ」

だいたい、こんなことを言い争っている場合ではない。

「とにかく、アンジェリカについては早めにめどをつけたいんだ」

ようやく内装のクロス候補を三つに絞り込んだところで、建具の色味、ライトの位置から什器《じゅうき》にいたるまで、何もかもがまだまだ本決まりにはほど遠い。

「おまえの意見はないのか？」

「和利に任せるよ」

そのいい加減すぎる台詞《せりふ》に和利は苛立《いらだ》ったものの、なるべくそれを顔に出さないように気をつける。

シリルのせいで自分のペースが乱れているのを気づかれるのは、正直にいえば業腹《ごうはら》だ。

「任されるならよけいに、内装もこだわり抜きたい。おまえの金なんだから、とことん遣ってやる」

それを聞いたシリルはくすりと笑って、愛《いと》しげに和利の髪を撫《な》でる。

「本当に和利って、真面目な人だね。好感を抱《いだ》いちゃうくらいだ」

「………」

そんな恋人同士みたいに甘い仕種《しぐさ》をされると、どうすればいいのかわからなくなって緊張する。

躰《からだ》を強張《こわば》らせる和利に気づいたらしく、シリルが困った様子で手を離した。

「そう怖がらないで」

「怖がってない」

ぶっきらぼうに言い切った和利の反応に、シリルはこれ見よがしのため息をついた。

「でも緊張してるでしょ？」

「誰のせいだ」

「僕のせいかな、やっぱり」

おかしげに笑うシリルが、身を乗り出すようにして和利の耳を軽く噛《か》む。

「ッ」

途端にはっとするような甘い刺激が全身に走り、和利は更に身を強張らせる。

「あれ、感じてる？」

からかうような声音に、和利は思わず自分の耳朶《じだ》を押さえた。

あまりに鋭い痛みだったから、千切《ちぎ》れるのではないかと思った。

でも、違う。

シリルは和利に極端な痛みを与えたりはしない。

これは、自分が感じすぎてしまったせいなのだ。

一度だけのつもりだった。

でも、愛人だったら一度きりじゃすまないと言われて、気づくとそれに従ってしまって。

たかだか数回——いや、正確には三回だ。

三回シリルと寝ただけですっかり順応している自分に、恥ずかしくなってしまう。

「——するなら、早く済ませろよ」

感じるというのは、もっと深くから生じる泡立つような感覚だ。これはまだ、ただの刺激にすぎない。それが不幸中の幸いだった。

「いいけど……和利、風情《ふぜい》がないね」

風情、ね。

これまでに何度も言われたが、純然たるフランス人のシリルからそんな言葉が出てくるとは、ひどく滑稽だ。

「愛人に風情なんているのか？」

「いるよ」

シリルは小さく笑った。

「だって僕は、和利が好きだから。愛人にしたのは和利のためだ」

「そういうのは言わないのが、お約束だろう？」

「言っておいたほうがアピールになると思って」

和利は、シリルの気持ちには応えられない。

幼いプライドを傷つけられたから？

それもある。

だけど、それだけじゃない。自分でもまだよくわからない、もやもやとしたものが心中でわだかまるからだ。

「明日は僕につき合ってよ」

「何で」

「会員制のライブラリーがあるんだ。そこを見にいこう」

「……わかった」

あまりシリルと出歩きたくはないのだが、仕方ない。

和利は不承不承頷《うなず》いた。

「じゃ、今はここに座って」

「は？　何で僕がおまえの膝に座らなくちゃならないんだ」

「もてなすのも、愛人の務めでしょ」

「嫌だ」

即答だった。

「僕は和利の要求には従ったつもりだけど？　和利はだめなの？」

「…………」

そういう言い方は、ずるい。

「ごめん、冗談」

困ったようにシリルが肩を竦めたので、和利はよけいに苛立《いらだ》ちを強めた。

「おまえ、冗談でそういう要求するのか？　セクハラじゃないか」

「え……いや、愛人なんだからセクハラ扱いはおかしくない？」

和利は重いカタログをテーブルに戻した。

「いいよ、座ってほしいなら座ってやる」

ふん、と鼻を鳴らすとシリルの膝の上に座って腕組みをし、文字どおり彼を椅子《いす》にしてふんぞり返る。寄りかかると、シリルの吐息をうなじのあたりに感じた。

「どうだ、これでいいか」

「いいけど……色気がないよ……」

少しだけシリルがしょんぼりとした声を出すが、聞き入れてやるつもりはない。

「あってたまるか、そんなもの」

ぷっと噴き出したシリルが、今度は声を立てて笑った。

「……何だ？」

「ううん。和利のそういうところ、可愛いなって」

「言っておくけど、僕を可愛いなんて言うのはおまえくらいだ」

「そうかな。だって、本当に可愛いよ」

ちゅっとキスされて、和利は突然、シリルの欲望を意識させられてしまう。

そうか、こいつは性的な意味で自分を好きなんだと。

「ボキャブラリーが貧困すぎる」

「ごめんなさい。とにかく、今は仕事中なんだし、続けていいよ」

「重いだろ」

「好きな人はね、羽根みたいに軽いっていうのが常識なんだ」

「……馬鹿」

頬《ほお》を染めた和利はシリルの上に腰を下ろしたまま、パンフレットを読み始める。

最初は緊張していたが、シリルが肩越しに覗《のぞ》き込んできて「これは？」と聞いてくる頃には気持ちが解《ほぐ》れていた。

「その模様じゃ目にうるさくて、気が散るだろ。確かにカフェでもあるけど、もっと落ち着いてないと」

「じゃあ、こっちは？」

「それは高すぎる。予算オーバーする」

「予算なんて決めてないよ？」

「初期費用を回収できるまで、おまえのところに勤めなくちゃいけないんだろう？」

「そうだよ」

アンジェリカが軌道に乗って、通年で黒字になるまでの契約だ。

だとしたら、初期費用はなるべく抑えたい。

「おまえに借金を背負わされてるみたいで嫌だ」

「だって、アンジェリカは初めての和利との共同作業だよ。それにかけるお金に制限なんてないんだ」

この話題は平行線になりそうだ。

優しいシリルの声に、和利は「馬鹿」と短く言うに留める。膝から下りようとするたびにシリルが拒んだので、結局、壁紙候補を二つに絞り込むまでのあいだ、和利はシリルの膝に座っていた。


翌朝。

流れでシリルの部屋に泊まった和利は、置いてあった自分のワイシャツに袖《そで》を通す。

このあいだふとした拍子に濡《ぬ》らしてしまってシリルの部屋に置いて帰り、彼がそれをクリーニングに出してくれていたのだ。

「和利、寒くない？　セーター貸そうか？」

「おまえのセーターなんて着たらみっともないことになる」

そもそもMかLかというサイズ自体が違うのだ。見苦しいことになるのは明白だ。

「そういうの、萌えって言うのじゃないっけ」

「三十路《みそじ》間近の男に、萌えもへったくれもあるか」

シリルは秋葉原の流行を理解しつつあるようで、『萌え』の概念を学んでいるらしい。そういったことには疎《うと》い和利とは大違いだ。

「そういうのも一種の萌えなんだよ。あ、和利みたいのはツンデレって言うんだって」

「ツンデレ？」

「つんつんしてててでれでれするみたい」

「僕はまだ、でれでれなんてしてない」

すかさず和利が反発すると、シリルは「そうだよね」と含み笑いをした。

それがなぜかわからずにむっつりと黙り込んだものの、追及する余裕はない。

「おまえこそ、アンジェリカにかかりきりでいいのか？」

「投資は順調だよ。資金が底を尽くことはないはずだ」

シリルは和利に関わっていながらも、自分のすべきこともきちんとこなしている。うかうかしているとまた置いていかれかねない。

——どこに？

自分の思考に違和感を覚えて、和利は眉間《みけん》の皺《しわ》を深めた。

馬鹿げている。和利とシリルは単に状況的に一緒にいるだけであって、べつに、何か目的があるわけじゃない。

つまり、いわゆるセフレだ。

そう思うと、胸のあたりがずんと重くなり、苦しくなってきた。

セフレなんて、そんな簡単な言葉でくくられる関係を選んでしまったことが。

昔はもっと純粋で、シリルを守ってあげたいとすら思っていたのに。

シリルの支度《したく》してくれた朝食を終え、コーヒーを飲む。そろそろ帰ろうかと思ったところで、シリルが振り返った。

「出かけようか？」

「どこへ」

「偵察。ライブラリーを見にいく約束だったし」

「それは嬉《うれ》しいけど、どこかあてはあるのか？」

「もちろん！　期待しててね」

どこか楽しげなシリルに「エスコートさせて」と微笑《ほほえ》みかけられると、それが眩《まぶ》しくて、和利は何も言えなくなってしまう。

いつも、ずっと、彼の眩しさに当てられていた。そばにいるときも、いないときも。

改めてそう思い知らされるからだ。


シリルに連れていかれた先は、六本木にある超高層ビルの一角——会員制のライブラリーだった。

エレベータで四十九階まで上がり、受け付けにいる女性に挨拶をする。ゲスト扱いで入場を許可された和利は、「本は？」と問う。

「こっち」

カフェを兼ねたロビー部分は素通りして、いわゆるライブラリー部分に足を踏み入れて和利は素早く周囲を観察した。

洒落《しゃれ》た書架《しょか》は北欧家具だろうか。スタイリッシュで、それでいてどこか落ち着きを感じさせる。

思ったとおり新刊書とビジネス書ばかりで、蔵書に関してはそう面白いものではない。いわば、ここに本やパソコンを持ち込んでオフィスとして使いたい利用者に対する「おまけ」のようなものだろう。

しかし、毛色の違う書物が並べられた一角があるのに和利は目を留めた。

数メートルの書棚で三方を囲まれたスペースは、並べられた書物も『失われた時を求めて』や『百年の孤独』といったスタンダードな文芸本に写真集と、一見すると統一されていない。だが、新刊書ばかり収められた棚よりは、よほどこの書棚を作り上げたライブラリアンの趣味がわかるようで、微笑ましかった。

こういう棚を見るのは、いい。

しばらく書棚の検分に没頭していた和利は、「ねえ」という比較的強いシリルの声に我に返った。

「ね、和利ってば」

シリルに服を引っ張られて、和利は「ん」と顔を上げる。

「カフェも見ようよ。ここ、すごく眺めがいいんだよ」

「あ、うん」

シリルに促《うなが》されて和利は首を縦に振る。

ライブラリーカフェを経営するのであれば、カフェの部分も参考にはなるかもしれないが、ここは和利の目指す図書館カフェとはまったく違う。

思いを巡らせているうちにシリルがコーヒーを買ってきたので、和利は改めて席に着いた。

大きな窓からは都心を一望でき、自動車や電車がミニチュアのように動いている。ちらりとシリルに目を向けた和利は、その豪奢《ごうしゃ》な金髪が輝いている気がして瞬《まばた》きをした。

「和利、本当に本が好きなんだね」

「悪いか?」

「ううん。だって、ここにいろいろな人を連れてきたけど、だいたいはこの眺望に見惚《みほ》れるんだよ。なのに、和利って目もくれない」

シリルはどことなくうきうきしており、この状態を楽しんでいる様子だった。

「悪いのか? だいたい、おまえがライブラリーに連れてきたいって言ったんだろう」

「そうだけど、まさに釘付けだ」

シリルが笑うと、蒼《あお》い瞳が優しく和む。その瞬間を目にするのは、悪くない。

「ほかに誰を連れてくるんだ?」

「会社の子とかね。青柳堂《あおやぎどう》は図書館好きが多いし」

「……ふうん」

会社の子という表現に鼻白んだのは、シリルの会社には圧倒的に女性が多いからだ。

自分とあんなことをしておきながら、女性たちにもいい顔をしているわけか。そう考えると胸の奥がちりちりと痛んで、和利はむすっとした顔でコーヒーを口に運ぶ。

「あつっ」

「大丈夫?」

コーヒーカップの中身のカプチーノは予想以外に熱くて、唇を火傷《やけど》してしまったのだ。

「うん」

「和利、意外と猫舌なんだ」

「悪いか？」

「隙《すき》ができて、そういうところも可愛い」

目を細めて笑うシリルに、和利は何も言わずにコーヒーを飲み続ける。

どう反応すればいいのか、わからなくなる。

「あれ、シリルさん？」

不意に背後から声が降ってきたのでそちらを向くと、二十代後半くらいだろうか。美しい女性がシリルを見て笑いかけた。

「あ、山崎《やまざき》さん」

「こちらは？」

「僕の大事な人です」

「え？」

シリルが妙なことを口走ったので、和利はテーブルの下で思い切り彼の足を踏んだ。

「シリルの幼馴染みの早川《はやかわ》と申します。よろしくお願いします」

「はじめまして。私はここの司書の山崎です」

丁重にお辞儀をされ、司書だったのかと胸を撫で下ろす。

どうしてほっとしているのか我ながら謎だった。

「では、あなたがあそこのスペースを設計したのですか？」

「ええ。いかがでしたか？」

「素晴らしかったです」

「ありがとうございます」

「蔵書に関してはどのようなコンセプトなのか伺ってもよろしいでしょうか」

「ええ、もちろん」

和利が山崎と二人で盛り上がり始めても、シリルは何も言わずに目を細めている。

自分はシリルが女性と親しくしていると腹が立つのに、シリルはそんなことがない。そう思うと何かひどく不公平な気がする。

これって、焼き餅なのか？

自分だけを見てくれると言い張る美しい人が、たまたまほかの相手を見ているからって……こんなの、みっともなくて理不尽だ。

ぞっとする。

自分はなんて、醜くて嫌なやつなんだ。

姿形だけでなく心まで美しいシリルとは、大違いだ。

「…………」

言いようのない感情に襲われ、和利はつい黙り込む。

これまで募る一方だった劣等感は、いつしか和利をひどく醜悪にしていたのだ。

こんな自分は、シリルの友達にも恋人にも相応しくない。愛人が関の山だ。

しみじみと、そう思い知らされる。

この関係から、もうどこにも進めないのだ。

和利は背中に冷水でも浴びせられたような気分になって、寂漠《せきばく》とした感情を無理やり呑《の》み込んだ。

# 5

紆余曲折《うよきょくせつ》を経て、秋葉原の雑居ビルの一階にオープンした『カフェ・アンジェリカ』は、今年で開業三年目になる。

フロアには二人がけのテーブルが四つに四人がけのテーブルが三つ、それから背の高い本棚で仕切られて個室のようになった談話スペースに六人がけのテーブルが二つ。

秋葉原にあるこういう個性的なカフェの中でも、名は知れている。あちこちに巧みに本棚を配置し、蔵書冊数は千冊をくだらない。

そのうちの一角には、和利《かずとし》のコレクションである古書を展示するコーナーも設けた。

「和利、今日は遅いの？」

バックヤードでシリルに問われて、デスクの前に座ってパソコンのキーボードを叩いていた和利は「わかっているなら聞くな」と答えた。

ロッカールームとオフィス部分は別で、アルバイトの大半はこのオフィスに足を踏み入れない。狭苦しくて、屋根裏部屋か何かに閉じ込められている気分だった。

「ふーん。残業ばっかりだね」

「……誰のせいだと思ってるんだ」

基本的に店長の自分がアンジェリカにいたほうがいいと思うので、どうしたって和利はアンジェリカに入り浸りになる。

特にこの春からアルバイトに入った叶沢直《かなざわすなお》は、本の知識も愛情も人一倍なのだが、だいぶ個性的で目を離せないタイプのため、彼のことで和利は密かに胃を痛めかけていた。

周囲からは生真面目で冷淡に見える和利だったが、新人が職場に馴染めるかを考える程度の社会性は持ち合わせている。

「え？　誰のせい？」

「総合的に考えるとおまえのせいだ。僕にこの店を任せてるんだからな」

何に気づいたのか、ふと、シリルが口を開いた。

「直くん、もう、お店に慣れた？」

「……それなりに」

今日は直のシフトは入っていないが、ここで従業員の噂話はあまりしたくなかった。

いくら相手が個性的だとはいっても、エキセントリックとか風変わりだとか、そういう形容詞を人につけてしまうのはいけないことだ。

人間には誰もが違う内面、違う精神がある。

それが自分とは相容《あいい》れないからといって適当なレッテルを貼って理解した気になるのは、極めて不健全だ。

たとえば和利は、未《いま》だに秋葉原の喧噪《けんそう》にもいわゆるオタクカルチャーにも馴染めない。けれどもだからといって、それをすべて否定するつもりはなかったし、この地に店を開いたのはよかったと思っている。

直についても、それと同じだ。

「ああいう子って可愛くて、ずっと見ていたくなるな」

「彼がいいなら、鞍《くら》替えしたらどうだ？」

「そういうことは言ってないでしょ」

シリルが楽しげに笑い、身を屈《かが》めて和利の顔を覗き込んできた。眩しいほどに美しい瞳を至近距離で目にしたおかげで、言葉に詰まってしまう。

「和利は極端なんだよね。僕はただ、彼を褒めただけなのに」

「僕は可愛くもないし若くもないからな」

「そういうところが…」

「嫌ならなかったことにするか？　さすがに三年もずるずる続ければ飽きるだろう」

「全然。つかず離れずでいいじゃない」

けろりとした答えが返ってきて、和利は拍子抜けした。

「……おまえ、そろそろ結婚しないのか?」

話の流れからちょうどよかったと和利が切り出すと、シリルが首を傾《かし》げた。

「え?」

「三年ってことは僕たちも三十を過ぎたってことだ。そろそろ結婚を視野に入れてもいい頃合いだ」

「和利、僕と結婚する気になった?」

「ただの愛人なのに、どうして結婚しなくちゃならないんだ。いや、それ以前に同性同士は無理がある」

和利がぱしっと突っぱねると、シリルはあからさまにへこんだ顔つきになる。罪悪感を催すので、そういう表情はやめてほしい。ちくちくと胸が痛くなる。

「まだ、僕に気持ちを許せないの?」

「許す許さないの問題じゃない」

「じゃあ、何?」

一呼吸置いてから、和利は眼鏡《めがね》のブリッジを直した。

「僕はおまえと恋人になれないし、なる気もない」

「どうして?」

「どうしてって、そういう意味で好きじゃないからだ」

「…………」

それを聞いたシリルは眉を顰めたあと、こちらがぎょっとするほどに長いため息をついた。

「言いたいことはわかるけど、それって疲れない？」

「どうして」

「いつも意地を張りっ放し」

は？　と言いたげに、和利は眉を上げる。

「それじゃ僕がおまえに特別な感情があるのに、素直になれないみたいだろう？」

「そこまで都合のいい夢は見ないけど、でも、なし崩しって言葉があるじゃない。あれじゃだめなの？」

「……だめだ」

自分はシリルに相応《ふさわ》しい人間ではないから、愛人というドライな関係が妥当《だとう》だ。それ以上を望めば、シリルを辱めることになる。

それに、もし大きな夢や願いが叶《かな》ってしまったときに、人はどうするだろう？

普通はその時点でもうこれでいいかと落ち着くかもしれない。でも、きっとシリルは違う。

彼は向上心が強いから、次の夢を探そうとする。

欲しいものを手に入れたら最後、和利のことなんて不要になるに決まっていた。

だから、このままでいたいと思うのなら……否《いな》、この状況が悪くないと思えるのならば、現状維持に限る。

「それで、残業して帰るの？」

「今、おまえがたっぷり邪魔してくれたからな」

「ごめんごめん。ご飯作って待ってるね」

「…ああ」

アンジェリカの賄《まかな》いが美味《おい》しいので作らなくていいと言いたかったが、とりあえずはシリルの厚意を受けることにした。

スタッフの安堂《あんどう》に頼んで、シリルのためにケーキを確保しておいてもらおう。それくらいのサービスは許されるはずだ。

アンジェリカに勤務するために引っ越した結果、和利の住居はだいぶ都心に近づいた。通勤時間を短くしたかったし、それに、蔵書の大半をアンジェリカに置くことにしたので、部屋が2Kも必要なくなったせいだ。そのため、なんだかんだとしょっちゅうシリルの家に入り浸っている。これは和利が率先してシリルに会っているのではなく、打ち合わせやら何やらの機会が増えたからだ。

この関係を何と言えばいいのかわからなかったが、どこかで軟着陸するのだろうか。それともここが二人の着地点なのだろうか。

そう思うととても居心地が悪くて、背中のあたりがむずむずしてしまうのだ。

「ただいま」

玄関口で声をかけると、「はーい」という明るい声が返ってくる。

「お帰り、和利」

うきうきした様子のシリルはカフェエプロンをしており、表情は明るく輝いていた。

「なに、嬉しそうにしてるんだ」

「だって、『ただいま』だよ?」

「は?」

「和利がただいまって家に帰ってくるのを出迎えるなんて、新妻になった気分だ」

しまった、ついうっかりしていた——そう思いつつ、和利は渋面を作った。

「……こんな図体《ずうたい》のでかい新妻がいるか」

「じゃあ、和利が妻?」

シリルはそう聞きながら、身を屈めて和利の額に軽くくちづける。

「お帰り」

額へのキスは許したが、シリルが今度は唇に顔を近づけてきたので、「よせ」と手を差し入れる。そして、寸前で彼のキスを阻んだ。

「どうして、だめなの？」

「うがいをしてない。僕は今、細菌だらけだ」

「いいじゃない、ちょっとくらい」

「おまえに風邪を引かせてどうするんだ」

和利はため息をつき、ラバトリーへ向かってうがいと手洗いをきっちり済ませる。それから、廊下で待っているシリルに「いいよ」と告げた。

「和利、優しいね」

「はあ？」

こんなに謙虚で親切な男に愛人関係を強要させておく自分の、どこが優しいんだ？

「僕が風邪を引くのが嫌なんでしょ」

「当たり前だ。こっちのせいで人に風邪を引かせたくない」

「自分は引いてもいいの？」

「自分だって嫌だよ。でも、おまえと同列にはできない」

風邪を引いて仕事に支障を来《きた》せば、皆に迷惑をかける。風邪なんて引かないのが一番いいに決まっていた。

「ほら、和利は、自分のことより先に僕のことを考えてるでしょ」

「それがどうした。そんな卵が先か鶏が先かみたいなことを言うな」

和利はシリルの尖った鼻の頭を指で小突き、それから「するのか？　しないのか？」と聞いた。

「キス？　それともその先も？」

「図に乗るなよ」

和利はできる限り冷たく言い、シリルのシャツの襟元《えりもと》を摑《つか》んでぐっと自分に向けて引き寄せる。眼鏡は邪魔だが触れた唇は甘く、シリルがくすりと笑うのがわかった。

「さすがよくできた愛人だね？」

シリルにそう言われると、じわりと胸が痛んだ。

「悪いか？」

「ううん、最高だよ」

熱っぽく囁いたシリルの唇が和利のそれに重なる。

ただ触れるだけのそれなのに、長い。

焦《じ》れったくなってきたところで、ゆっくりと彼が顔を離した。

「可愛い」

また、それだ。

語彙《ごい》が貧困だと詰《なじ》るよりも先に、もう一度くちづけられる。今度は舌を差し入れられるかと思ったけれど、そうではなかった。

再び、啄《ついば》むようなキス。

その繰り返しに焦れた和利がとうとう彼のシャツを引っ張ると、くすりと笑ったシリルが舌を滑り込ませてきた。

「ん、く……」

打って変わって情熱的な熱いキスに、すべての神経が酔わされていく。

好き、と全身で訴えるようなくちづけは甘くて、甘くて。

和利は震えそうになりながらシリルにしがみついた。


「八時か……」

休みでもいつもとほぼ変わらない時間に目を覚ましてしまい、和利は生欠伸《なまあくび》をする。

こういう日は溜《た》め込んだ洗濯などを済ませるのだが、今日は天気もよいので久々に遠出をすることにした。

退屈しのぎにシリルも誘おうかと思ったが、今日は平日だ。

いくらあの男が道楽で仕事をしているとはいえ、突然呼びつけるわけにもいかない。

方針が決まらぬままパソコンを立ち上げた和利は、メールマガジンを読んでいて東京近郊で行われる古書市の存在に気づいた。

金土日の三日間で、今日が初日。今から出かけても、間に合うだろう。出物があるかはわからないが、店に置く本を替えたかったこともあり、行ってみることにした。

稀覯本《きこうぼん》の蒐集家《しゅうしゅうか》としての和利は、この先集めたい本にはだいたい目星がついている。収穫があればたいていは店主から連絡があるのだが、ぶらぶらしていて新しい本を見つけるのもまた楽しい。

古書市に出かけるのは久しぶりで、自然と気持ちが浮き立ってきた。

電車に乗った和利はポケットに入れておいた薄い文庫本を取り出し、そのページを捲る。平日の下り列車は次第に空き始め、目的地に近づく頃には乗客も疎《まば》らだった。

寺の境内を借りて行われるという古書市は、意外にも規模が大きかった。しかし、めぼしい買い物をする客はもう去ったのか、のんびりした空気が漂っている。

「ん」

思わず和利が足を止めたのは、児童文学全集やら何やらに紛れるようにして並べられた一冊の本に目を留めたせいだ。

『血と麦』

作者は寺山修司《てらやましゅうじ》。

箱に紺色で題字が書かれており、すぐにぴんときた。

これはずっと探していたものだ。

寺山修司は特に好きな詩人だったし、この本は父が欲しがっていたものでもある。彼にとっては青春の思い出なのだという。

だから、どうしても初版本を手に入れたかった。尊敬する父の過ごした青春を追体験してみたかったのだ。

同じ都内でありながら滅多に実家には戻っていないが、これを手に入れられれば、次の帰省には父に見せられる。

長らく探し求めてきたものを手にできるかもしれないという歓喜と緊張に、手が震えてきた。

箱は経年劣化が見られるが、目に見えて傷んではいない。虫食いもないし、ほぼ完全といっても差し支えのないコンディションだ。

「お兄さん、それが欲しいのかい？　お目が高いねえ」

店主の老人がにやっと笑ってみせた。

「……ええ、まあ」

値段は挟み込まれた栞《しおり》に書かれている――七万円。

高いが、出せない金額ではない。

『血と麦』は、和利が長らく探し求めている古書の一つだ。市場や買いつけで見つけたら教えてほしいと、馴染みの古書店主に頼んでいたくらいだ。

それがこんなところで巡り会えるとは。

「いやぁ、今日みたいな日に売れるかわからないけどね。今日は大安吉日だから持ってきてみたんだよ。まあ、こういうところにそんないい本を持ってきたって仕方ないんだが」

老人の言葉に適当に相槌《あいづち》を打ちながら、和利は頭の中でぐるぐると金策について考えを巡らせていた。

これは、買いだ。

給料日までのあいだ、賄いで食事を済ませたっていい。アンジェリカの店長は決して安月給ではなかったが、稀覯本を集めている和利には、いくらあっても足りない状態だった。

「どうだい？　これだけの本は滅多に入らないだろ？」

「はい、素晴らしいと思います」

冷静を装おうとしても、湧き起こる昂奮《こうふん》に声が震えた。

「売ってもらえませんか」

「もちろん」

「でも、今、持ち合わせがないんです。下ろしてくるまでのあいだ、少し待ってもらえませんか？」

「ああ」

老人はにっと笑った。

「では、また後ほど」

軽く一礼をした和利は気もそぞろで古書市を後にする。

そこから十メートルほど歩くとコンビニエンスストアの前で立ち止まり、ぐっと両手を握り締めた。

やった……！

地味な表現で、しみじみと喜びを噛み締める。

真っ先にシリルに教えてやろうと、銀行に行く前に携帯電話で短いメールを打った。

——ついに『血と麦』が手に入った。今度店に見に来い。

そう書いて送信してから、ふと気づく。

ここでは父にメールをすべきだったのではないか、と。

シリルを選ぶなんて、嬉しくなりすぎて頭がおかしくなっていたのだ。

そうとしか考えられなかったが、送信を中止したくてももう後の祭りだった。


「珍しいね、和利が食事に誘ってくれるなんて」

「お祝いだからな」

つんと顔を背けた和利がそう言うと、シリルはくすりと笑う。

「そのお祝い事に僕を招待してくれるのが、驚きだ」

「いけないのか？」

「ううん、嬉しいよ。いいサプライズだ」

秋葉原にある店でシリルと二人で食事をするのは悪目立ちしそうだったので、彼は銀座に誘った。

ビルの十階からは時期によっては銀座の夜景が一望にできるが、夏から秋にかけては難しい。これが空気の澄み渡る冬ならば、話は違う。

とはいえ、どちらにしても相手はシリルだ。夜景が見えようが見えまいがどうだっていい。

スーツを着た男二人だと、食事をしていても仕事の延長での接待と思われるので気が楽だ。

いずれにしても友達らしい友達がいない和利は、シリルとこうして食事をする以外は、共に食卓を囲む相手といえば両親くらいのものだ。

「和食でよかったのか？」

「もちろん。今日は美味しいご飯を食べたかったんだよね。最後には頼むでしょ？」

「ああ」

シリルも今夜は和食がよかったようで、和食メインの居酒屋に誘ったのは正解だった。

存外、食べたいものに関しては互いの波長が合っているらしい。

「これ、お土産」

食事の前に、和利は手に持っていた紙袋をシリルに押しつけた。

「お土産？」

「よくあるサブレだけど、名物らしいから」

「ありがとう！」

ぱっとシリルが表情を輝かせる。

つくづく、馬鹿な男だ。

シリルはこのとおり性格はいいし、優しいし、金持ちで頭もいい。加えて美形だ。有能だし、華やかな社交界をきっと上手に泳げるだろう。

自分が女性だったらころっとまいってしまうような要素を、何もかも持ち合わせている。

だが、残念ながら和利は男で、シリルとは結婚できない。評価する理由はいつも、彼が友達として適切か否かだ。

シリルはド・ルフュージュ家の正当な嫡子《ちゃくし》で、いつかは帰国して家を継ぐだろう。フランス革命ですべてがひっくり返ったとしても、彼の家が今尚脈々と続く名家で絶やすわけにいかないのには変わりがなかった。

それが名門に生まれたものの宿命だ。

でも、和利は違う。

シリルのように重荷を背負っていないけれど、選べる道はそう多くはない。

そんな自分はシリルにとって、友達としても相応しくない。愛人という道を選んだのは、正解だったのだ。

もう一度置いていかれて、必要以上に傷つくのは御免だ。

こんなに嬉しいことがあったのに、それに浸《ひた》り切れないネガティブな自分が嫌になる。

「和利？　ビールじゃないの？」

気づくと和利は、ドリンクメニューを開いたまま惚《ほう》けてしまっていた。

「あ、ごめん。ビールで。料理は何にする？」

シリルが縦書きの行書体で書かれたメニューを覗き込み、すらすらと料理名を挙げていく。

写真がなくともだいたいイメージができるあたり、さすが日本で暮らして長いだけあった。

すぐに店員にビールを頼み、それから、料理の注文を始める。

「お刺身の盛り合わせ。あと、本日の野菜サラダ。それから……」

シリルが流暢《りゅうちょう》にメニューを読んで、好きなものを選んでいく。

「おい、あまり高いもの頼むなよ」

特別料理とか時価と書かれたものまで読み上げていくので、和利は低い声で釘を刺した。

「どうして？」

「割り勘でもきつくなる」

そうでなくとも、七万円の臨時出費は大きかった。

「平気、奢《おご》るよ」

「奢ってもらう理由がない」

「本当は、あの本は僕から和利へのボーナスにしたいくらいだよ。でも、それは嫌でしょ？」

「当たり前だ。もらう理由がない」

「ほらね」

シリルは苦い笑みを浮かべた。

「アンジェリカは和利のおかげでこのあいだの四半期は黒字だった。あの業態で黒字を出せるなんて、夢みたいだ」

「今まではもの珍しくて運が良かったんだ。勝負はこれからだ」

でなくては、自分をパートナーにしたシリルを失望させてしまう。

「そうだね」

こくりとシリルは頷いた。

「僕は君を信じてる」

「…………」

「君ならやってくれるって。だから、不安はないんだ」

「調子がいいな。適当に店長にしたくせに」

「適当に選んだわけじゃないよ。僕なりに深遠な思考がある」

「どんな？」

からかうように聞いてしまったのは、ビールのせいで舌が少し滑らかになっていたせいだ。

「和利を束縛したい」

「え？」

「いつまで経っても僕のものになる気がないなら、多少強引でも、ならざるを得ないようにしたい」

低い声は、いつものふわふわと甘ったるいシリルの声とは別人のようだ。

いったい何が起きているのかと、和利は目を瞠《みは》った。

「シリル……？」

「なんてね、嘘だよ。驚いた？」

一転してシリルは目許を和ませ、にこっと人懐っこく笑った。

「すみません、梅酒ください。ロックで」

近寄ってきた店員に明るい声で追加のオーダーをし、気を取り直した様子で和利に顔を向けた。

おまけに梅酒をロックというのが可愛すぎて、何だか脱力しそうになる。

「本当に冗談なのか？」

「そういうことにしておいて」

束縛したいと言われるのは、たぶん、二度目だ。

自分はいつの間にか、シリルに束縛されているのだろうか。

そんなわけがない。

「和利は往生際が悪いんだ」

「僕が？」

「うん。いつも怖がってる。臆病で、鈍感で、それからちょっとずるいよ」

「悪かったな」

あからさまに欠点ばかりあげつらわれて、和利はむくれた反応をする。

「そういうところも含めて、全部が和利だって思ってるからいいけどね」

「あのなあ……おまえ、僕に少しくらいいいところはないのか？」

「あるよ」

「どこ？」

「僕を好きなところ」

よくわからない回答だった。

「べつに、僕はおまえなんて……」

「嫌いじゃないんでしょ？　それで十分」

刺身を口に運んだシリルは、「うん、美味しい」と嬉しげに反応する。

刺身と梅酒では何となく組み合わせが悪い気がしたが、取り立てて指摘はしなかった。

「どうして」

「和利は『好き』をよくわかってないから」

シリルは微《かす》かな笑みを口許に浮かべる。その蒼い瞳が爛々《らんらん》と輝いている気がした。

「でも、それは和利が悪いわけじゃないよ。僕が悪いんだ」

そういう言い方をされると、罪悪感をちくちく刺激されてしまう。

「――おまえは何も悪くない」

「じゃあ、喧嘩両成敗だね」

シリルはくすりと笑った。

「おまえ、本はあまり読まないくせに難しい日本語ばかり知ってるな」

「まあね」

シリルは頷き、そして何気ない様子で窓の外を見下ろす。節電のため昔ほどではないとはいえ、目映《まばゆ》いほどの光と行き交う人々。

誰かに見下ろされているなんてことを、気づかないでこの街を歩く。

――そうだ、和利も同じだ。

いつの間にか誰かに見つめられていても、それに気づかない。

やり過ごしたほうが楽だから、最初から見ない振りをしているのかもしれない。

「それよりも、どうして本を見せてくれないの？」

「一応、古島《ふるしま》さんに鑑定をお願いしている。偽物ってことはないだろうけど、念のため」

「そっか。じゃあ、今度見せてくれる？」

「ああ、店にも展示するつもりだ」

和利が唇を綻《ほころ》ばせると、シリルが目を瞬《しばた》かせる。笑顔を消し去りたいのに嬉しさは消えず、口のあたりをむにむにさせつつ和利は俯《うつむ》いた。


事件が起きたのは、二日後のことだった。

手に入れた稀覯本をシリルに見せるべく店に持ってきた和利は、それを店頭に飾ることにした。ガラスのショーケースもあるし、盗まれる心配はなかった。

だが、ほんのちょっとだけ油断してしまったのだ。

「ごめんなさい、店長！」

大きく頭を下げて項垂《うなだ》れる直に、和利は何も言えなかった。

そそっかしくて変わり者だとはいえ、大切なアルバイトだ。和利だって、それなりに彼を可愛がっているつもりだった。

よりによって、直は貴重な『血と麦』に水を零してしまったのだ。

当然のことながら、大事な稀覯本は傷んでしまった。

その価値がゼロになったわけではないが、損なわれたことには変わりがない。

かといって、大事な本をレジカウンターの裏になど無造作に置いておいた自分が悪いのだから、文句を言えない。

絶望と苛立《いらだ》ちに、腸《はらわた》が煮えくりかえりそうだった。

けれどもそんな感情をすべてポーカーフェイスの下に押し込め、和利は素知らぬ顔で「構いません」と告げる。

そう言うしか、なかった。

直は一生懸命で熱意のあるスタッフで、悪意があってしたことではない。彼が和利に苦手意識を抱きつつも、頑張って接してくれるのはわかっていた。

だから、責めることはできない。

責めるべきは、自分だ。

失態を犯した自分。そう、全部、和利が悪いんだ。

けれども、それは大人としての理性的な思考での建前であって、本音は違う。

ポーカーフェイスを装いつつも、本当は限りなく落ち込んでいた。

帰宅した和利を出迎えたのは、シリルだった。

「和利」

「……来てたのか」

何となく覗き窓の向こうが明るい気がしていたので、そんな予感はしていた。合い鍵を渡した記憶はないのに、シリルはいつの間にかそれをちゃっかり手に入れていた。以前から取り上げようと思ったが、彼が先回りしてここにいるのなんてごく希《まれ》なので、実行したことはなかった。

「美味しい和菓子もらっちゃったから。ごめんね、勝手に入って」

嘘つけ、買ってきたくせに。

そうは思うが、そういう言い訳をつけてやってきたシリルの気持ちもわかるだけに、何も言えなかった。

「いいよ。お茶、淹《い》れる」

「うん」

飾り気のない部屋は、大きな書架に囲まれて一種異様なほど圧迫感がある。テレビはノートパソコンのディスプレイと兼用にし、朝、ちょっとニュースを見るくらいだ。

邪魔だとわかっていてもなぜか部屋にソファを置いてしまうのは、シリルが入り浸ることを頭の片隅で想定していたせいかもしれない。

シリルのために、和利は知覧茶《ちらんちゃ》を急須に入れた。甘みの強い鹿児島産の緑茶が和利の好物で、お茶といえば知覧を選ぶ。

「ほら」

手早く湯を沸かして日本茶を淹れてやると、シリルが「ありがとう」と微笑んだ。

シリルが持ってきたのは練り切りで、季節に応じて涼しげな朝顔や桔梗《ききょう》を象《かたど》っている。いかにも彼に相応《ふさわ》しい上品なお菓子だった。

「どうぞ」

「うん」

無造作に摑んだ練り切りを一口で食べると、シリルが首を傾げた。

「へこんでるの？」

シリルにメールをしたのは、誰だろう。

あの騒ぎだ。スタッフの誰かがこっそりシリルに教えたとしても、おかしくはない。そうでなくともオーナーのシリルはまめにアンジェリカに顔を出していて、スタッフとも親しく交流をしていた。

「そうでもない」

「じゃあ、自棄《やけ》なんだ」

「どうして」

「いつもなら、もう少し丁寧に食べるよ。和利は、人の仕事に敬意を払うタイプだから」

「…………」

図星だった。

さっさと食べ終わってシリルを家に帰したいと思う気持ちを、見透かされたみたいだ。

一人になりたかった。

「本は大事なものだけど、皆に何もなくてよかったじゃないか」

「おまえは本好きの気持ちをわかってない。青柳堂だって、アンジェリカだって、単なる道楽の範疇《はんちゅう》だろう」

八つ当たりだ。

目の前の上司に怒りをぶつけたって仕方がない。なのに一気に言ってのけると、シリルが目を丸くし、そして大きく頷いた。

「そうだね。実を言うと、僕が好きなのは本じゃない」

実際にそれを白状されると、口惜しくなる。

金さえあればこうしたいと思っていたもの。思っていたこと。

それをシリルは簡単に叶えてしまう。

「じゃあ、何だ?」

「和利だよ」

わかっていた台詞が、ひどく重い。こういう心境だから、押しつけがましさを覚えるとうんざりしてしまう。

「和利の好きなものだから、僕も好きになった。だから、大切にはしているけど一番好きなものじゃない」

「……そういう言い方はずるい」

和利は俯き、自分の足許に視線を落とす。

気まずい状態だった。

さっさと帰ってほしい。練り切りは食べ終わったし、帰宅するタイミングには、これが適切だ。

「君だって十分ずるいよ。いつまでこの状態でいるつもり？」

凍えるように冷たい声が、鼓膜を打った。

「――何？」

意味がわからずに、床を眺めていた和利は眉を顰める。

「僕は相手を束縛したがるタイプだけど、自分を好きだって認めてくれない相手を束縛し続けるのなんて、絶対にできない。何ごとにも限度がある」

どういう、意味だ。おそるおそる相手の顔を窺った
能面のように、彼はすっかり表情を消し去っていた。

――怖い。

和利を、シリルは冷たい視線で一瞥《いちべつ》する。

「終わりがないものなんてどこにもないんだ、和利」

「…………」

何を言いたいんだ。

いや、うっすらわかっている。好きか嫌いか言えと迫っているのだ。

答えは決まっている。

好きでもないけど、嫌いでもない。

もう魔法の呪文のように唱え続けたそれだった。

でも、それを口にしたら、何かが終わってしまう気がした。

今更、自分は何を怖がっている？

関係が終わる日は、遅かれ早かれやって来るとわかっているのに、なのに、それが今では嫌だと思っている。

「――今日は帰るよ」

「わかった」

脱力するように座り込んだ和利は見送りもしなかったが、シリルはまるで気にせずに「おやすみ」とだけ言ってリビングからするっと抜け出した。

6

「……おかしいな」

シリルが部屋を出ていってから、二週間。

あれから一度も、シリルと顔を合わせていない。

無論、アンジェリカの運営はシリルがいなくとも事足りるのだが、顔を見なければ見ないで落ち着かない。

「店長、どうしたんですか？」

アルバイトの湯嶋千春《ゆしまちはる》に問われて、和利《かずとし》は素直に「社長がこの頃、お見えにならないと思いまして」と答えた。

「あ、そういやそうですね。もう十日くらい？」

「はい」

「何か楽しいサプライズでも企画しているんじゃないですか？」

千春があくまで朗らかなので、いろいろ邪推するのはやめておこうと和利は「かもしれませんね」と曖昧に頷いた。

どうせシリルが来たとしても、ゆっくり接する余裕はない。だけど、元気なのかどうなのかくらい知りたかった。

このあいだの別れ方があまりにも酷《ひど》かったので、謝っておきたかったという事情もある。後悔するくらいならきつい言葉を使わなければいいのに、我ながら、シリルとの関係には常々悩んでしまう。

やはり、あの本のせいで過敏になっていたのかもしれない。

「そういえば、このあいだの本ってどうなりましたか？」

「本？」

「ほら、本店から借りてくるっていう」

「ああ、そういえばフェアがありましたね」

本店とは青柳堂のことだ。

企画によっては私設図書館からしばしば本を借りてくることもあり、今回もその打ち合わせを済ませていた。宅配便でももちろんいいのだが、いずれシリルが運んでくることになっていた。なのに、肝心のシリルが顔を見せないのだ。

「僕が取ってくる」

「お願いします」

仕事ならば、シリルに会ってもおかしくない。和利から折れたようには見えないはずだ。

和利は青柳堂のある広尾へ向かうことにした。

広々とした庭園を備えた私設図書館は訪れる人も少なく、閑散とした雰囲気だ。

オフィスはその脇《わき》から入ることになっており、和利は早足でそちらへ向かう。

自動ドアをくぐり抜けて受け付けへ向かおうとしたそのとき、「早川さん」と声をかけられた。シリルの秘書だった。

目敏《めざと》く呼び止められ、和利は反射的に笑みを作る。シリルに笑いかけることはなくとも、こういう心の籠《こ》もっていない表情ならばお手の物だ。

「こんにちは。社長は今日はおいでですか」

三十代後半の彼女は結婚しているとかで、左手の薬指にはプラチナのリングが光っている。べつに、秘書くらい若くて可愛い女性でも構わないのに、シリルはこういうところで気を回しているのかもしれない。

いくら和利だって、焼き餅を焼くことはない——たぶん。

「まあ、ご存じないんですか？」

彼女は不思議そうに首を傾げた。

「何をですか？」

「社長はフランスに帰国なさっているんです。お母様がご病気とかで」

「…………」

和利は目を瞠った。

そんなこと、聞いていない。一言も。

「——存じ上げませんでした。ご病気は深刻なんでしょうか？」

ようやく声を振り絞ったものの、彼女は申し訳なさそうな顔で首を横に振った。

「すみません、そこまでは私どもも関知しておりません」

「では、いつ帰国かは？」

「それもわかりません」

「……そうでしたか。あまり長期にわたって不在だと、仕事に差し障りが出るのでは？」

我ながら嘘くさい台詞だと思いつつも聞いてみると、彼女もそれに気づいたのか、ころころと笑った。

「いえ、うちはその点、気にしてないんですよ。何か大事な指示があれば、メールで用事が済みますし」

十年一日のように変化のない図書館の経営は、大きなトラブルがなければ社長がいなくてもどうにかなるのだろう。特にここは公共の図書館ではないので、苦慮すべき事項はあまりないはずだ。

それならばシリルはどうして秘書を置いてるんだという意地悪な考えがちらと頭を掠《かす》め、

和利はどうでもいいことだと苦笑した。

考えるべきはシリルと、その母のアニエスのことだ。

アニエスは努力家で、日本に来てから少しずつ言葉を覚えて和利とも片言で会話が成立するほどになった。だからこそよけいに彼女には親しみがある。倒れたと聞けば心配だった。

そして、シリルが今、どうしているのだろうかと考えると気が重くなる。

「うちの副社長――つまり館長に、当面社長代行を任せるってメールがあったんです。しばらく帰れないからって。いずれにしても、何かあればそちらにも連絡いたします」

ぎゅっと胸が痛くなった。

何だろう。これは。

大きな不安に、心がずしりと押し潰されそうだ。みしみしと音がしそうなほどで。

「何か問題が起きましたら、またご連絡を。社長が不在でも対処可能ですので」

「……わかりました。では、お借りする予定の本についてなのですが……」

社長がいなくてもというのを、そう何度も強調しないでほしかった。

このままずっとシリルがいなくなるみたいで、嫌だった。


週末は両親の結婚記念日なので、和利は久しぶりに彼らと過ごす約束をしていた。

夫婦水入らずがいいのではないかと思ったが、一人っ子の和利が出ていってしまってもうだいぶ経つし、今更水入らずも何もないらしい。お祝いは二人で改めてするとのことで、和利は彼らのために取っておきのレストランを予約した。

駅から徒歩で自宅へ向かう和利は、気づくとシリルの家に足を向けていた。途中ではあってもだいぶ遠回りになるのに、シリルのことばかり考えていたせいで、足が勝手に向いてしまったようだ。

どうかしている。

シリルに支配されて、悩まされて、自分らしさを見失うなんて。

メールくらいしておいたほうがいいかもしれないが、その勇気もなかった。

気まずさはいつか解消されると思っていたけれど、そういうものでもないらしい。

三丁目の屋敷に差しかかり、和利は妙な緊張を覚えていた。

シリルがいるわけないのに、胸が苦しい。息ができない。

以前よりも鬱蒼《うっそう》と茂る木々は洋館を隠している。人に貸しているあいだもシリルはきちんと手を入れさせているようだが、樹木の生長は止められない。仕方ないだろう。

――あれ？

違和感を覚えた和利はふと足を止める。

すぐにその感情の正体はわかった。

家には表札がなく、『売買物件』と書かれた看板が玄関のところに貼りつけられていたのだ。

不動産屋は和利も知っているような、大手だった。

売買……？

どうして売買なんだろう。

背筋がぞっとして、和利は内ポケットに入れてあった携帯を取り出す。

シリルからの最後のメールは、食事をしたあの日の待ち合わせに関するもの。

急いで検索してみたが、ヒントになることは何もなかった。

それ以降の連絡はぴたりと止まっている。

この家を売ってしまうなんて、知らなかった。

仕方なくシリルの携帯に電話したものの、誰も出ない。

ぞわぞわと背筋から這《は》い上がるような嫌な感覚に和利は唇を閉ざし、そのまま帰宅した。

家では両親が待ち受けており、和利を笑顔で迎え入れた。

「お帰りなさい、和利」

「ただいま」

上手く笑えているか、自信がない。

シリルのことで頭がいっぱいだった。

両親の笑顔を見ていると、嫌でもシリルのことを思い出す。

三丁目のあのお屋敷が売りに出されている理由を知りたかったが、突然切り出すのは不自然なように思えた。

家族ぐるみのつき合いというのは、こういうときが不便だった。

そんなことを思い出しつつ、和利は食卓に着いた。結婚記念日なのに食卓に並ぶのは和利の好物の和食が多く、口許が緩む。海外暮らしの長かった父の好みは洋食なので、和食党の和利とはあまり気が合わなかった。

「仕事はどうなんだ?」

父の問いに、和利は「楽しんでるよ」と簡潔に答える。彼のグラスに瓶のビールを注ぐと、父は嬉しそうに目を細めた。

「図書館カフェなんて楽しそうよね。母さんも一度行ってみたいわ」

「年配のお客さんもいるし、問題はないと思う」

和利が素《そ》っ気《け》なく答えると、母は嬉しそうに表情を輝かせた。

「だったら行こうかしら。お許しが出たってことだもの。ねえ、あなた」

「二人でっていうのは目立ちそうだよ。ばらばらがいい」

「なんだ、面倒なルールがあるんだな」

「ルールってほどじゃない」

どうせ和利はバックヤードに籠もっていることも多いので、接客はあまり行わない。それに、接客するところはしょっちゅうシリルに見られているので、今更、親しい人間に見られてもどうということはなかった。

ほくほくの肉じゃがをつついていた和利は、ふと、気になっていたことを切り出した。

「そういえば、三丁目のお屋敷って今、どうなってる？」

何食わぬ顔で鎌をかけると、彼女はさらりと「売りに出てるのよ」と答えた。

「売りに？」

「フランスで暮らすなら、もう必要ないでしょう。誰も住まないもの」

「え」

想定外の言葉が、胸に突き刺さった。

これまでにシリルがフランスへ帰国したことは何度となくある。だが、家を売り払うほどの帰国というのはどういう意味だろう。

「知らないの？　帰国の前の日に会ってご飯を食べたんでしょう？　楽しかったってメールが来ていたわよ」

「え、ああ、うん」

心臓が、痛い。

自分の心臓からまるで刃《やいば》が送り出されるような、そんな激しい痛みを覚えて和利は胸許を押さえた。

「……母さん」

「なあに？」

「シリルと連絡取ってるの？」

帰国についての詳細を問いたかったのに、出てきたのはまったく別の言葉だった。

「もちろん。たまにメールが来るわ。――ねえ、あなた」

「ああ」

もしかしたら、自分が母にメールをするより密に、シリルと両親は関わりを持っているのかもしれない。

「アニエスはどうしてるか知ってる？」

「そういえば、近頃メールがないわね」

シリルは両親を気遣い、アニエスのことは教えずに発《た》ったようだ。

「シリルはすごくいい子だから、私も嬉しいわ」

「そうだよ。……あいつはすごくできたやつだ」

そう呟いたきり、和利は俯いてしまう。

和利がどんなに邪険にしても、シリルは変わらなかった。

だから、和利はこの関係に甘えていられたのだ。

「あら、どうしたの？　喧嘩でもした？」

「しないよ。あいつは社長だ。上司となんて喧嘩できないよ」

「上司っていう前に、大事な幼馴染みじゃないの」

「…………」

シリルと和利の関係を正確に知らない母は、ひどく脳天気な発言をする。

こんなふうに拗《こじ》れてしまったことも、知らないで。

「違うよ。僕とシリルの関係は、ただの仕事のうえでのパートナーでしかない」

「そんなことはないでしょ」

「高校だって別だった。一緒にいたのなんてほんの三、四年で……幼馴染みっていうよりも、ただの友達だ。そんなに思い入れなんてないよ」

心にもない言葉を告げる和利を見やり、母は首を傾げた。

「長さなんて関係ないわ。昔は毎日一緒にいたじゃない、飽きもせずに」

「それはそうだけど」

歯切れが悪く和利は呟き、そして俯く。

「喧嘩でもしたの？　そういうときは、あまり意地を張ってもだめよ？」

「意地って？」

「あなたの性格上、きっちり線を引きたがるのはわかるけど、それじゃだめ。子供じゃないんだから、白でも黒でもない領域を認めてあげなきゃ」

白でも、黒でもない。灰色の解決をしろということだろうか。

「もしかして、僕が子供だって言いたい？」

「そうよ。あなたは図体ばかり大きくて、屁理屈《へりくつ》を捏《こ》ねる子供だわ。シリルのほうがよっぽど大人よ」

母が何を示唆《しさ》しているのかはわからないが、シリルへの接し方に不満があるようだ。

「仕方ないよ。あいつのほうが早く社会人になったんだ」

不機嫌に言いつつも、それがただの言い訳だとわかっていた。

シリルのほうが、自分よりも優れているのは百も承知だ。

それを認められないのが意地というのなら、そうかもしれない。

おかげでもうずっと和利は、着地点を見失っている。

どこに足を下ろせば楽な気持ちでシリルと接することができるのか、最早《もはや》、今の自分にはわからなくなりかけていた。


「店長、元気ないですね」

直《すなお》に言われて、書棚の前で立ち尽くしていた和利ははっと顔を上げる。

明日からアンジェリカのコンセプトを『ローマと世界の歴史フェア』に替えるため、棚の構成を大きく変更しているところだった。

青柳堂からも蔵書を借り受けてきて、ラインナップはかなり充実している。

最初はローマに絞るつもりだったが、それではいくら何でも狭すぎてマニアしか入れないということになり、今度は世界の歴史という大きな枠にしてみた。

要するに何でもありということだ。

「何ですか？」

「だから、元気がないって……聞こえませんでしたか？」

「いえ、私が聞いていなかったのです」

和利が正直に答えると、直が微かに目を見開く。そうすると大きな目が、まるで零れそうなくらいに更に大きくなるのだ。

「気にしないでください」

付け足すように言ってのけたせいで、直が困っているのがわかる。

残業して店内のレイアウトを替えていたほかのスタッフたちの視線を感じ、和利は改めて赤面した。まさか、スタッフの皆が自分とシリルの動向を気にかけているとは思ってもみなかったためだ。

「気にするなと言われるほうが困りますけど」

直が気弱な調子で呟いた。どうやらあの本のことをまだ気に病んでいる様子で、和利は困惑を覚える。それに、直こそ悩みがあるのか、最近は元気がない。

「申し訳ありません」

「社長が顔を見せないのと関係あるんですか？」

「違います」

反射的に和利がぴしっと答えると、困ったように直が首を傾げた。

「じゃあ、やっぱり僕のせいなんですね」

「どうしてそうなるんですか」

「だって、『血と麦』を……」

シリルのことで頭がいっぱいだったのに、その話題を蒸し返されて和利は珍しくシリル以外の相手に苛々《いらいら》しそうになる。

「それは関係ありません。だいたい、社長がいないと何だと言うんですか？」

「淋しいのかなあって思ったんです」

直球勝負の直の脇腹を、千春が先ほどからしきりに小突いている。

「あ、え？　何ですか、湯嶋さん」

だめだこりゃ、と言いたげな表情で千春が首を振ったので、和利は微かに口許を歪《ゆが》める。

上手く笑みを作れない。

「社長がいなくても、アンジェリカは安泰です。皆さんが気にすることはありません」

「……はい」

そういう問題ではないという顔をしているのは見て取れ、和利は内心でため息をつく。

そうでなくともスタッフの皆が不安そうな顔をしている。

と、そこにパティシエの安堂《あんどう》が「あの」とのんびりした声をかけた。

「何ですか？」

「新製品のスフレ、できたんです。試食してもらえませんか？」

「……私が？」

「みんなで。いろいろ意見、聞きたいです」

安堂が申し訳なさそうに言うので、和利は俯いた。

「頼みます、スフレは焼きたてが命なんで」

「あ、私、運びます」

千春がさっと手を挙げてスフレの運搬に立候補したものだから、店内はあっという間にスフレを食べるムードになってしまう。

手際よく安堂は紅茶の用意までしており、一気に場が和んだ。

「さ、熱いうちに」

「いただきまーす」

「わあ、すごく美味しいです！」

直が満面の笑みを浮かべて、熱いスフレをはふはふと食べる。
ここにシリルがいたら、きっと喜んでスフレをぱくつくに違いない。
今、どうしてる？
もう、二度と戻ってこないのだろうか。
あんな別れ方では、後味が悪すぎて釈然としない。
——もしかして、これって……振られたってやつじゃないか？
そうじゃない。
振られるも何も自分はシリルを好きなわけではなかった。
つまり、これは別れただけだ。
しかも、なお悪いことに喧嘩別れ。
……最悪だ。
別離があまりに突然だったので、気持ちの整理をつけられない。
このままでは、延々と引きずってしまいそうだ。
こんなに淋しい気持ちにさせるなんて、シリルはどうかしている。
そう、淋しいんだ。
毎日毎日甘ったるい感情を注いで和利を窒息させてきたくせに。
甘いスフレにさえも癒せない淋しさは、シリルの不在がもたらすものだった。

このままずっとシリルがいなくなってもいいのだろうか。
——絶対に、嫌だ。
それは自分でも許せないし、許したくもなかった。

# 7

パスポート写真の自分は、いつにも増して仏頂面《ぶっちょうづら》だ。

スタンプを見ると最後に旅行したのはマカオで、そのときはシリルが一緒だった。

といってもあくまで出張であって、何か特別な意味なんてない。

衝動的にフランス行きのチケットを買ってから、和利《かずとし》はスタッフに行き先は言わずにとにかくしばらく休むと伝え、すべてを託してきた。皆は驚いていたが、快く送り出してくれた。

フランス行きの手配をしているあいだもシリルは戻らなかったが、直《すなお》を困らせていた鎌田《かまた》の一件が解決したのは有り難かった。直は明るさを取り戻し、おかげで憂いなく出かけられたからだ。

追いかける理由なんてないけれど、シリルが気になり、いても立ってもいられなかったのだ。

不思議だ。

今思えば高校の三年間は、どうやってシリルの不在に耐《た》えていたんだろう。

三週間会えないだけでこんなに苛々するのに、当時は三年間も耐えられた。まだ反発心だけで、シリルのことをよく知らなかったせいだろうか。

あのときはシリルに愛情を注がれるのがどういうことかわからなかったから、和利はもっと自立できていたのかもしれない。

今は、違う。

シリルから息苦しくなるほどに愛情を注がれて、毎日じりじりと窒息しそうだった。それに慣らされていたせいで、当のシリルがいなくなると戸惑い、不安にさえなってしまう。

淋しくて、怖くてたまらなくなる。

シリルのせいで心にできた穴の大きさを、認めざるを得なかった。

おまけに彼はメールに返信を一切せず、電話も出てくれないのだ。おかげで和利も、今回の渡仏については予告していなかった。

『……ご搭乗の最終案内をいたします』

日本語のアナウンスに続いて英語の搭乗案内が聞こえたが、搭乗口にはまだ人がたむろしている。その有様をしばらく眺めてから、ややあって和利も乗り込んだ。

飛行機が離陸し、やがて機内エンタテインメントを使えるようになった。

前のシートに塡《は》め込まれたディスプレイを操作すると、フライト情報を選ぶ。ヨーロッパの地図を選択し、シリルの実家があるという北フランスのあたりを穴が空くほど見つめた。

シリルの住所は、高校時代にもらった何十通というエアメールのおかげで知っている。

いけない。少し気分転換しなくては。

シリルのことばかり考えても仕方がないし、本でも読もう。

エコノミークラスの座席は狭いしごちゃごちゃものを持ち込むと忘れそうだったので、和利は電子書籍で読書をすることにしていた。

本当は紙の本が一番いいのだが、贅沢は言えない。

小説から実用書まで、いろいろピックアップして購入してダウンロードしてきたのだが、気づくとシリルのところへ思考が戻る。

大好きな読書にも没頭できなかった。

仕方なく和利はリクライニングを倒して眠ろうとしたものの、神経がささくれ立っているらしく、眠ることすら不可能だった。

主として図書館を見学するためヨーロッパは何度か訪れたことがあるし、シャルル・ド・ゴール空港でトランジットした経験は何度もある。しかし、フランスを訪れるのは今回が初めてだ。

結局、自分はシリルにまつわるものを避けていたのだ。

……惨《みじ》めだ。

考えたって仕方がないのにぐだぐだと後悔してしまうのは、どう考えても自分のほうが悪いからだ。

シリルがほかの人たちと仲良くなるのを妨げたのも、彼に関して和利が空回りしていたのも、過去から現在に到るまでの諸々は全部和利のせいであって、シリルに責任があるわけじゃない。

けれども、それらを全部シリルにぶつけていた。

そうしなければ、耐えられなかった。

自分のプライドが折れてしまいそうだったから。

シリルはそんな自分に失望し、嫌気が差したから終わりにしたに決まっている。

追いかけて、何があるっていうんだ。

何を言いたいんだ。

わからない。

でも、確かめたい。シリルがこのままずっと離れている気なのかどうか。

自分の醜さなんて、もう何年も前から自覚している。

シリルと出会ったときから。

どんな狭い土地であっても、気候やさまざまな条件によって街の特色がはっきり分かれている。

フランスもそうで、北へ向かうにつれて雰囲気が如実に変わってくる。

雪こそ降っていないが、日本よりも一足先に、すっかり冬景色だった。

パリで一泊した翌朝、日本では新幹線にあたるTGVで、和利はシリルの住居のあるノルマンディー地方へ向かっていた。

パリからここまでは一時間ほど。空港から直行する手もあったが、さすがにフライトで疲れており、少し休息が欲しくて一泊した。

途中でTGVと接続する在来線に乗り換えて、かなり時間が経つ。

国際免許を手に入れる暇があればレンタカーという手もあったが、さすがにそこまでの余裕がなく、シリルに会うことを最優先にした。

やがて、目当ての駅に電車が到着する。

ドアから滑り降りると、駅で和利のほかに降りたのは老女と学生が一人ずつ。

駅の前には幸い一台だけタクシーが停《と》まっていた。

英語でド・ルフュージュ家と言って、かつてシリルがくれた手紙を出してその住所を示す。

すると、赤ら顔でよく日焼けした運転手は、「わかる」と請け負ってくれた。

よかった。これで邪魔さえ入らなければ、もうすぐシリルに会える——はずだ。

ほっとしたついでに、ここに来て初めて、自分がシリルに何の連絡も取っていないことを思い出した。

シリルは留守かもしれないし、まったくもって和利に会いたくない心境かもしれない。

返事が来ないとわかっていても、メールくらいしてもよかったのではないか。

普段慎重な自分が手を打っていなかったなんて、もしかしたら、拒絶されるのを考えるのが嫌だったのかもしれない。

事実、会いたくないと言われて、追い返されたっておかしくないのだ。

和利のこれまでの仕打ちは、シリルにとって我慢の限界に達していたかもしれないからだ。

だいたい、約束もなしに他人の家を訪れるなんてとても非常識な行為だ。

一人暮らしならともかく、シリルの邸宅には家族がいる。しかも、シリルが実家住まいとは限らなかった。

それならば、あらかじめアニエスの入院先でも聞いておいて、そちらだけお見舞いに行くほうがよかったかもしれない。あるいは、秘書に連絡先を確認しておくとか。

「ここですよ」

悶々《もんもん》と悩んでいるうちに目的地に着いてしまい、運転手に声をかけられてはっとした。

「ありがとう」

タクシーの料金にチップを含めて多めに支払うと、和利は鬱々《うつうつ》とした心境でタクシーから降り、改めてあたりを見回した。

田舎《いなか》とはいっても山奥ではなく、むしろ周囲は農地で視界が開けている。ところどころに森が点在しており、夏はきっと緑が映《は》えるに違いない。

シリルの家の周囲の環境も素晴らしいが、邸宅は更に想像を超えていて、和利はぽかんと口を開けてしまう。

……すごいな。

これがド・ルフュージュ家の邸宅なのか。

道路から邸宅までは、堀というか川にかけられた橋を渡らなくてはいけない。これでは邸宅というより城だ。いや、塀の印象だけならば城砦《じょうさい》に近いだろう。

橋を渡った部分に門があり、そこで来意を告げなくてはいけないようだ。

フランス語ができないので、英語で何とかしなくてはならなかった。

緊張と不安から重い足取りで門前まで歩いていくと、意外にも鉄製で錆《さ》びかけた門は開いている。このまま邸内に入っていいのだろうか。

そわそわと中を覗き込んだ挙げ句、和利は数十センチの隙間から、するりと入り込んだ。

「へえ……」

石畳の敷き詰められた中庭は駐車場になっており、自動車が数台が停められていた。

その昔、フランス革命のときもシリルの家は標的となった。しかし、もとより農業と狩猟を好む気さくな領主は領民に慕われ、革命のときも家族は領民に代わる代わる匿《かくま》われて嵐を逃《のが》れたのだという。

そんなもっともらしい説明つきの城は石造りで、優雅というよりも堅牢《けんろう》そうだ。石を積み上げて造られた城館は二階建てで尖塔《せんとう》が付属し、その小さな窓に嵌《は》められたガラスが陽射しを受けて煌《きら》めいていた。

「見学ですか？」

「え」

唐突に英語で問われた和利がびくっと身を震わせて振り返ると、ちょうど車から下りてきた女性がこちらを見ている。二十代くらいだろうか、詳細はわからない。

全然、気づかなかった。

「いえ、僕は……」

「この城は居住者がいて、見学者は特別な時期にしか受け容れていないんです。申し訳ありませんが、お帰りいただけますか」

言葉こそ丁寧な言い回しだが、有無を言わせない。

「違います。見学ではなくて、シリルに会いにきたんです」

和利の発言に彼女は眉を顰め、それから和利に数歩近寄って顔をじっと見つめた。

「日本人？」

「はい」

「もしかして、カズトシ？」

なぜ知っているのだろう。いや、考えるまでもない。

シリルが教えたのだ。

「そうです」

「帰って」

命令形で言われて、和利は目を丸くする。

眉を吊り上げてまさに'Go home'なんて言われたのは、生まれて初めてだ。

心臓がびくっと竦《すく》み上がった気がする。

こんなに嫌悪されるなんて、思ってもみなかったからだ。

「待ってください。シリルに会いにきたんです」

「約束はありますか？」

「いえ……」

和利は言い淀《よど》んだ。

「でしたら、彼はあなたに会いたくないんでしょう」

「では、シリルが日本に戻ってこない理由だけでも教えていただけませんか？」

「その程度の想像力もないんですか？」

まただ。

和利の英語力でも、相手が自分を嫌い、憎んでいるのがよく伝わってくる。

「いえ……何となくは、わかります」

「わかったらさっさと帰っていただけませんか？」

「…………」

「それに、シリルはここにいません。何度来ても無駄ですので」

彼女はそう言い放つと、くるりと踵《きびす》を返して館《やかた》の中に入ってしまう。

しかし、五分ほどその場にいても誰も来ないようだったので、仕方なく出直すことにした。

ここで引き下がるわけにはいかないが、人の家に侵入しておいて呆然と立ち尽くしているのは、完全に不審者だ。

唇を嚙み締めた和利が更に中庭を進んでいくと、ようやくインターフォンを見つけた。

ブザーを鳴らすと、「はい」とフランス語で誰かが出てくる。

「あの、早川《はやかわ》と申します。シリルは……」

「まだいたんですか？　帰って」

「でも」

そこで、ぶつっと通話が途切れた。

どうやら本格的に嫌われてしまっているらしい。

——まいった。

見知らぬ土地だ。おまけにフランス語はほとんどわからない。

打つ手は何もなく、このまま何の成果もなく日本へ帰らなくてはいけない。

もう一度橋を渡った和利は、道路に佇《たたず》んで未練がましくシャトーを眺める。

――ここまで拒まれた以上は、最早帰るほかないのだろうか。

誰か話をできる相手はいないかと人影を求めて顔を上げた拍子に、意外なものに気がついた。

城の向かいの土地は木立になっているが、その中に漆喰《しっくい》の壁が見えた気がしたのだ。漆喰は日本独特のものだから、フランスの片田舎では滅多に出会えないはずだ。見間違いだろうと思いつつも、気づくとそちらへ近づいていた。

葉の落ちた木立の中に見えてきたのは、瓦屋根《かわらやね》の小さな和風建築だった。

茶室だろうか。

夢でも見ているのだろうかと思うほどに、この土地と茶室の組み合わせはミスマッチだった。それでも何となく懐かしさを覚えて近づいていく。

狭いにじり口のそばには、つくばいまである。

やはり、茶室だ。

もしかしたらここは、シリルのものかもしれない。

シリルの実家の目の前に和風建築がある理由が、ほかに思いつかなかった。

「シリル？」

おそるおそる外側から、障子に向かって声をかける。陽当たりの都合か、茶室の中に誰かがいるかはわからない。けれども、何となく、人の気配を感じた気がした。

「シリル」

もう一度呼ぶとからりとにじり口の障子が開いた。

嬉しさが込み上げたが、ぬっと顔を出したのは白髪《しらが》の老人だった。

「誰かな？」

明らかに西洋人の顔立ちをした老人の唇から、流暢な日本語が零れる。

「あ、えっと……早川和利と申します。シリルに会いたくて日本から来たのですけど……」

つい日本語で答えてしまうと、「ああ」と老人が頷いた。

「君が和利か。話は孫からよく聞いている。遠くからようこそ」

「孫？」

「シリルだよ」

何となくそうではないかと思ったが、老人の答えは和利の予想どおりのものだった。

老人はジャック・ド・ルフュージュと名乗り、和利をじっと見つめた。

皺と皺のあいだに埋もれそうな蒼い目が、シリルによく似ていた。髪は真っ白だが、シリルと同じ豪奢な金髪だったのだろうか。

「シリルは私の日本かぶれに、すっかり影響されてしまってね。日本に行ったらどっぷり浸かってしまって、さっぱり帰らなくなった」

「どういうことですか？」

「まだ、子供の頃のことだ。私があまり日本の話ばかりするものだから、行ってみたいと言いだしたんだ。ちょうど、シリルの両親の仲が冷えた頃でもあったからね」

「……そうだったのですか」

和利は微かに笑みを浮かべ、改めて頭を下げた。

「シリルから、親族の話は聞かなかったので、意外です。ご挨拶が遅れて、申し訳ありません。シリルには、いつもお世話になっております」

「ああ」

老人が右手を差し出したので、和利は反射的にその手を握る。

土いじりでもするのだろうか、ごつごつとしてあたたかい手だ。でも、爪のかたちがシリルに似ている気がして、じっと見てしまう。

「……何か？」

「いえ、あの……アニエスさんはお元気ですか？」

「ああ、すっかり」

老人は破顔した。

「よかった……心配していたんです」

安堵《あんど》に胸を撫で下ろす和利を見やり、老人は目許を和ませる。

「だが、今はシリルがいないんだよ」

おっとりとした口ぶりに、和利は首を傾げる。

「シリルはどこへ？」

「病院だ」

「病院？　アニエスさんがよくなったのに？」

「シリルは入院しておる」

「え⁉」

衝撃に、和利は声を上擦《うわず》らせる。

シリルが入院だって？　自分の目の前では、健康そのものだったくせに？

そもそもここ数年、シリルが病院へ行ったのは人間ドックと、年に一、二度、酷い風邪を引いたときくらいだ。病院なんて行かせたくないから、和利はシリルに風邪を引かせないよう細心の注意を払ってきたのだ。

「どちらへ入院しているんですか⁉」

「遠いところから来てくれたのに悪いが、それを教えていいとは言われてないんだ」

「僕はシリルに会いに来たんです。お願いします！」

がばっと頭を下げた和利を見やり、老人はぽつりと「考えておこう」とだけ答えた。

「…………」

頼りない返答に、和利は目を見開く。

「いつまでですか？」

「なに？」

「いつまでに考えてくださるんですか？」

必死で詰め寄る和利に、老人は小さく笑った気がする。正確には深い皺のせいで表情がよく見えなかったのだが。

「気の済むまでだ」

「では、待っています」

そう言った和利は一礼すると茶室から出て、少し離れた木立に居場所を定めた。

そこに佇んだ和利に老人は呆《あき》れたような目を向けたものの、ややあって、ぴしゃりと障子を閉めた。


いつまで待てばいいのか。

老人は和利が待ち始めてから三十分もした頃、何も言わずに茶室を出ていってしまった。

戸締まりもしない不用心さだが、盗まれるようなものはないのだろう。

いずれにしても、彼はそれきり戻ってこなかった。

コートは着ているものの、午後になって陽《ひ》が当たらなくなると、加速度的に冷えを感じるようになってきた。

今日中だったらまだ救いはあるが、明日だったり明後日だったりしたら？

当然空腹になってくるだろうし、ホテルにだって戻りたい。食糧といえば羊羹《ようかん》を手土産に持っていたが、手を着けるわけにもいかない。そもそもこんな敵意を剝《む》き出しにされている状況で、悠長に羊羹を渡していいかどうかすらわからなかった。

一度戻って出直すにしても、この田舎町でホテルなんてあるだろうか？

そんなことを考えながら、和利は茶室の出入り口をじっと睨みつける。

会いたい。

今更のようにこんな気持ちになる自分は、つくづく愚かだ。

シリルなんて嫌だと思っていたくせに。

彼に搔《か》き乱されるのが嫌だったはずなのに、いざ会えないとなると、こうして往生際悪くしがみついてしまう。

シリルもそうだったんだろうか。

彼が自分に執着し、求め続けてきた理由は和利にはわからなかった。

さすがに、完全に陽が落ちるとコートを着ていても寒い。

何も思いつかなかった。

シリルと別れて、そのうえアンジェリカでの仕事まで失うなんて耐えられそうにないが、彼のことだから、愛人関係を解消してもアンジェリカの経営は任せてくれるだろう。

彼はそういう人物だ。

だけど、シリルと離れたら、自分はどうなる？

恋人どころか、友達らしい友達もいない。

シリルこそが、和利のすべてだった。

なのに、そのシリルもなぜか入院していてその理由を教えてもらえなくて――。

ずるずると尻餅《しりもち》をつくようにその場に座り、和利はこれから先のことを考えた。

シリル。

シリルがいない自分は、こんなに弱い。

シリルが自分を強くしたのではなく、彼がいるからこそ和利は思う存分突っ張れた。

踏ん張ってこの場に立つことができたのだ。

自分の醜さを嫌というほど思い知っても我慢できたのは、シリルがそばにいてくれたからだ。自分を受け容れてくれるシリルの存在と甘い言葉に助けられ、和利は安らぎを得ていた。

ちらちらと光るものが見えた気がして、和利は振り返る。道路を行き交う自動車のヘッドライトではないかと思ったが、懐中電灯か何かのようだ。

「……まだいたのか」

やって来たのは、シリルの祖父だった。

「はい」

「今日はもう遅い。明日、改めて来なさい。街にホテルを取った」

老人はそう言うと、首を微かに振って和利についてくるよう促す。

路肩には赤いプジョーが停められており、ぶすっとした顔つきの若い女性は和利を一瞥したきり何も言わなかった。

今朝方顔を合わせた女性だ。

老人が彼女に何かを言ったようだが、女性は二言三言ぶっきらぼうに答え、和利がシートベルトを締めたのも確認せずにいきなりアクセルを踏み込む。

田舎道は対向車もなく、和利は三十分あまりのドライブのあいだすっかり肝を冷やした。

ホテルに着いてから彼女に思いついたように羊羹を渡すと、その重さに驚いたようで放り投げることもできないらしく、彼女は前方を睨《にら》んだまま「ありがとう」とだけ言った。

疲れたせいか夢も見ずに眠った和利は、八時には目を覚ました。

時差ぼけはないようで、それればかりは有り難い。

ホテルの食堂でクロワッサンとカフェオレを頼み、軽い朝食にする。パンは苦手だが、腹が減っては戦ができぬ、だ。

シリルの邸宅のある駅の近辺にホテルはないそうで、和利はそこから離れたもっと大きな街に連れてこられた。ここではTGVの乗り換えのときに降りたから、また同じ手順で行ってタクシーに乗ればいい。

そうして茶室の前にやって来ると、老人は和利を見て「早いな」と言った。

「おはようございます」

「シリルに会いたいのか？」

「そのために来ました」

「…………」

彼は考え込んだ様子で髭《ひげ》を弄《いじ》った。

「君はその気でも、シリルは会いたくないだろう」

「だったら、シリルの口からもう二度と会いたくないと言ってほしいんです。そうでなければ、踏ん切りがつかない」

「それでいいのかね？」

「いい、とは？」

「耐えられるのか？」

「……無理だと思います。でも……」

でも、耐えるほかない。

しつこくしてシリルに嫌がられるのは御免だ。

自分にだって、その程度の理性くらいある。

それに、これまでさんざん辛く当たってきた彼を、これ以上嫌な目に遭わせたくなかった。

「――ふむ。本来ならば百夜通いくらいしてほしいのだが、仕方あるまい」

「百夜通《ももよがよ》い？　小野小町《おののこまち》ですか？」

「そうだ」

「よくご存じですね」

「こんなところに茶室を建てるくらいだ。それくらいの知識はある」

それくらいどころか、かなりの理解度だ。謙遜こそしているが、彼はシリル以上に知識があるのは明白だった。彼の話によると、昔、日本からわざわざ教師を招いて住み込ませて、日本語を習ったのだという。

「シリルの病院を教えよう。面会はもうできると思うから、会ってくるといい」

「……はい」

和利は表情を引き締め、そして首を縦に振った。

「ありがとうございます」

「羊羹が美味だった。もう少し焦《じ》らそうと思ったが、おまけだよ」

彼は片目を瞑《つぶ》ると、和利に「メモを」と言う。和利が慌てて手帳を出すと、そこにさらさらと何ごとかを書きつけた。

「病院はそこだ。早く辿り着かないとエレンと鉢合わせて面倒なことになるぞ」

「エレン？」

「昨日送らせたあの子だ」

「ああ……」

「あの子はシリルを大事にしているからな。あんたをよくは思っていない」

「わかりました、極力急ぎます」

メモを大切にしまい込んだ和利は、老人に向かって深々と一礼した。

もっときちんとシリルの話を聞いておけばよかった。

そうすればこんなふうにシリルが突然帰国するなんていう事態にならずに、何か手助けができたのかもしれないのに。

「……まいったな」

歩き始めて数分、和利はすでに音《ね》を上げかけていた。

見苦しい服装ではいけないだろうと革靴を履いてきたのも、また、一因だった。

辛うじて舗装されている程度の田舎道は歩きづらく、おまけに、車は一台も通らない。

駅を降りたときも辺鄙《へんぴ》なところだと思ったが、それ以上だ。これは自家用車がなければ生活できないし、鉄道会社も先細りになるだろう。バスくらい走っているのではないかと思ったが、通りかかったバス停に記された次のバスの到着時刻は三時間後だった。

待っていても歩いていても同じような気がしたが、一分でも早くシリルに会えるなら、歩いたほうがいい。

こんな田舎道でタクシーを拾える可能性などゼロに近いから、和利は気力を振り絞って歩きだした。

これで飲み物を売っているコンビニエンスストアでもあればいいのに、店どころか自動販売機の一つもない。

泣きたい気分で、和利は異国の地を淡々と歩き続ける。

しかし、今日は運がよかった。

昨日はタクシーで十五分近くで来られた距離の大半を歩いてふらふらになったところで、和利は途中で親切な中年女性の車に乗せてもらえたのだ。

そのうえ彼女は和利の持っていたメモを見てひどく同情し、病院まで送ってくれた。

人の親切が嬉しく、和利は何度となく礼を告げた。

外国でこういう親切に触れると、殊更身に染《し》みる。

日本に帰ったら外国の人にはもう少し親切にしてあげるべきなのかもしれない。

たとえばシリルにも、と冗談めかして考えた和利は、またも気が重くなるのを実感した。

シリルの病状がわからないのに、見舞いに行ってもいいのか。

面会は可能なようだから、そこまで深刻ではないと思うが……不安は消えなかった。

そもそも、どうして入院したのだろう。

もっとシリルの祖父にいろいろ聞けばよかったのに、いざとなると何も聞けない自分の臆病さに腹が立つ。

そう、自分は臆病なんだ。

いつも怯《おび》えている。

シリルを失うのが、怖かった。怖くてたまらなくて……ずっと、それだけだった。

病院に入り込むのはわけなく、和利は順当にシリルの病室を見つけた。

忙《せわ》しなく看護師が行き交う廊下を抜けて、シリルの祖父によって教えられていた番号の部屋の扉を叩く。

「シリル？」

答えはなかった。

もう一度ノックをしたがやはり返事がなく、意を決して病室のドアを開ける。

するりと中に入り込むと、一つしかないベッドの上でシリルが蒼褪《あおざ》めた顔をして眠っていた。

「！」

堪《こら》えきれずに彼に駆け寄り、和利はシリルに取り縋《すが》ろうとして、すんでのところでその衝動を抑えた。

綺麗な顔だった。

まるで人形のように。

蒼褪めた表情にはあまり生気がなく見えるが、命に関わるような病気なのだろうか。

だいたい、入院すると患者はチューブで繋《つな》がれたり機械をくっつけられたりともっとものものしい気がするが、シリルはただ横たわっているだけだ。腕には点滴の針だけが刺さっている状態で、平穏そのものだ。

これはつまり、手の施しようがないということか。

日本にいるあいだも辛《つら》いのを隠していたのかもしれない。和利の手前、苦痛を訴えることさえできなくて。

これでシリルとお別れなんて……そんなのは嫌だ。

いても立ってもいられなくなり、和利はとうとう膝を突いてシリルに縋りついた。

「シリル！」

「ン」

小さくシリルが身動《みじろ》ぎをして、それから目を開ける。

「エレン、来てくれた……あれ？　和利？」

瞬きをしたシリルはさも意外そうな顔で、和利を見つめた。

泣きそうだ。

どうしよう、声も出ない。

「嘘……ホントに？　和利？」

急いで身を起こそうとしたシリルは、点滴にそれを阻まれたようで顔をしかめる。

「じっとしてろ」

「だって」

驚きと昂奮に煌めくシリルの瞳。

なんて美しい、澄んだ蒼なんだろう。

この目に吸い込まれていきそうだと、いつも思っていた……。

「来てくれたの？」

「ああ」

「夢みたいだ」

「おまえ、どこが悪いんだ」

詰問するような言葉しか出てこないくらいに、和利は動揺していた。

「――聞いてないの？」

シリルが微かに目を伏せる。

「全然」

「そう……和利は、どうしてここに来たの？」

「会いたかったからだ」

喜びのあまり、つるりと本音が漏れてしまう。

「え？」

「あ、そうじゃなくて」

こほんと和利は咳払いをし、口を開いた。

「……おまえが日本にいないと、愛人稼業が上がったりだからだ」

「どういう、意味？」

シリルがぽかんと口を開けて間抜けな顔になったので、和利はますます苛々してそっぽを向いた。

「つまり、仕事にならない。連絡は取れないし、いったい何の病気なんだ」

そう言って、和利はシリルの腕にちらりと視線を向ける。

「……食中毒」

「は？」

一瞬、まったく違う言葉を聞いたのかと思った。

「ノロウイルスだよ。家族の中で、僕だけ牡蠣《かき》にあたっちゃって」

「ノロ？」

「なかなかよくならなくて栄養が摂れないから、入院にしてもらったんだ。今日、夕方に退院できるはずだけど」

ぽかんとする和利に、シリルが少し頬を赤らめる。

食中毒？

それで入院だって？

あり得ないだろう、そんな話。

呆気《あっけ》に取られて、全身から力が脱けそうになる。

「恥ずかしいよ、この年で」

目を伏せたシリルは年相応に見えて、思わず和利は破顔してしまう。

可愛い、と思った。

とても久しぶりに。

「食中毒に年齢は関係ないよ」

「そうだけど……」

「ノロなら仕方ない。あれって苦しいんだろう？」

和利が同情的な発言をすると、シリルは肩を竦めた。

「苦しいけど、和利に会えないのに比べればどうってことない」

「おばさんはどうしたんだ？　よくなったって聞いたけど」

「庭で転んで、足を骨折したんだ。それで心配になって、帰ることにした」

事実が明らかになると、和利は途方もない脱力感に襲われる。

「どうして電話に出なかった？」

「携帯を水没させちゃって……修理のあいだは特に必要ないと思ったんだ」

「おまえはそれだけなんだな？」

拍子抜けした和利が問うと、シリルは唇を尖らせた。

「それだけって、酷くない？　すごく苦しかったのに」

「それにしては、安らかに眠ってた」

「え、ずっと見てたの？」

「ずっとじゃないけど、見てた」

ふわっとシリルが笑って、和利の頬に触れようとする。寝たままでは届かないので身を起こそうとしたため、それを制して和利から身を屈めてやった。

「もっと早く起こしてくれればよかったのに」

「顔を見ていたかったんだ」

「うん、和利、僕の顔が好きだもんね」

「え？」

こいつは何を言うんだ、と和利は戸惑いを露《あらわ》にした。

「知ってたよ。和利は僕のことを好きでしょう？」

言葉に、ならない。

そんな見透かしたようなことを言うなんて、ずるい……。

そう、好きだ。ものすごく好きだ。大好きだ。

いうなれば、一目惚れだった。

だから、本当はシリルが他の子たちと仲良くするのが嫌だった。それでも心を殺して彼によかれと思うことをしていたので、それが徒労だと知ったときの怒りは大きかったのだ。

高校時代のようにシリルがいつかふっといなくなってしまいそうだから、好きだと認めるのが怖くて、自分の気持ちに蓋をして、ずっと誤魔化しているうちに本心を見失ってしまっていた。

眩しくてシリルを直視できなかったのは、コンプレックスのせいじゃない。

好きだったから、目が眩《くら》みかけていたのだ。

本当に、しみじみ自分は……鈍い。

なのに、いつの間にか、シリルは気づいていたのだ。

「——知ってるなら、聞くな」

和利は身を起こし、ふいと躰《からだ》を翻《ひるがえ》してシリルに背中を向ける。

「ごめんね」

「どうして謝るんだ、僕が悪いのに」

「……和利こそ、何か悪いものを食べた？」

「茶化すなよ、僕は真面目に言ってるんだ」

顔を見たらなぜだか泣いてしまいそうで、和利は淡々と言葉を続けた。

「僕はずっとおまえの優しさに甘えてたんだ。だから、おまえは悪くない」

シリルは答えなかった。

きっと、いつになく和利が素直になっていることに驚いているのだろう。

「——悪いのは僕だ。ずっと意地を張ってた」

ようやく、言えた。いつだって言わなきゃいけないと思っていたのに、意地と自尊心で雁《がん》字搦《じがら》めになって言い出せなくなっていた大事な言葉を。

「いいよ、それが和利だ。意地っ張りなところも含めて、全部和利の個性だから。そういうところも、何もかも好きだ」

そんなふうにあっさりと許さないでほしい。

シリルの心の広さに甘えてしまいそうになる。

ますます離れがたくなるから。最後になんて、できなくなるから。

「じゃあ、帰ってきてくれるか？」

「え？」

我ながら、驚くほど下手《したて》に出た問い方になってしまったが、なりふり構ってはいられなかった。

「日本に帰ってきてほしい」

「………」

「おまえがいないと、淋しいんだ」

「こっちを向いて、和利」

答えずにいると、少し焦れったそうにシリルが「ねえ」と促す。

「ちゃんと、もう一度言って」

「淋しい」

「僕がいないと、淋しい？」

「当たり前だ」

ぶっきらぼうで素朴な返答を聞いたシリルが、ふっとやわらかな笑顔を見せた。

「どうした？」

「帰るつもりだったよ」

「え?」

「心配しないで。僕は和利のそばにしか、いたくない」

ほっとして全身から一気に力が抜ける。

「危ない!」

ふらついた拍子にシリルの点滴にぶつかりそうになり、和利は慌ててベッドの枠を摑んだ。

「和利のほうがよほど具合が悪そうだよ」

「大丈夫だ。安心しただけだ」

「気をつけて」

シリルがほっとしたように微笑み、自由なほうの手で和利の手をそっと撫でた。

「早く帰りたかったのに、帰れなくてごめんなさい。君に心配をかけて、反省してる」

「僕を許すのか」

「許すも何も、最初から怒ってない」

そんなふうに許容されるのは、かえっていたたまれなかった。

「おまえはずるいよ。僕のどこがいいのか、わからない」

「そう?」

「そうだよ。僕は自分勝手だし、意地っ張りだし、性格が悪いし……」

「和利ってツンデレに見えて、意外とネガティブだよね」

わかったようなことを言われ、和利は頬を染めたままシリルを睨んだ。

「日本に来て、初めて挨拶をした子が、フランス語で話しかけてくれたんだ。僕と友達になるために」

シリルは昂奮に頬を紅潮させ、そう訴えた。

「それだけで感動的だ。十分、一目惚《ひとめぼ》れする要素になる」

「まさか、そんなことが理由なのか？」

「うん」

シリルが頷いた。

「君にとって些細《ささい》なことでも、僕にはとても重要なことなんだ。全部がそう。いつだって、和利が僕を大事にしてくれてるのはわかってた。それがとても気持ちよくて、嬉しかった」

「待てよ。それはおまえの希望的観測だ」

「違うよ。和利に自覚はないし、言葉にしないだけで……大切にされてるのは伝わってた」

そんな覚えはまったくないのだが、それを追及していると堂々巡りになりそうだ。

それは置いておこうと、和利は「それはいい」と話題を転じようとする。

「でも、僕はおまえを排除しようとしたのは事実だ。おまえに負けたのが悔しかった。それだけは謝りたい」

「え……それって、いつ？」

訝《いぶか》しげにシリルが聞いてきたので、もしかしてそんなに堪《こた》えてなかったのだろうかと思いつつも、和利は「中二のときだ」とぼそぼそと言った。

「ああ、あの模擬試験？」

「うん」

「あれは僕が悪いよ。僕が上手くやれなくて、和利を傷つけた。子供だったんだ」

「謝るな」

和利はそう呟く。

「悔しくなるから。おまえに何も勝てないのが嫌になる」

「ごめん」

「そのくせ、僕は……おまえにになら負けてもいいって、心のどこかで思ってた。だから、愛人になるのも平気だったんだ」

「そうなの？　意外と複雑だね」

「意外はよけいだ」

考えてみれば、馬鹿馬鹿《ばかばか》しいことだった。

どんなに嫌でも、自分が醜くなっても、それでもそばにいたかった。

そのためにもシリルの興味を引き続けるという目標が、和利の生来の意地っ張りな性格に拍車をかけてしまったのだ。

シリルの前ではつんとした態度を装ったり、ポーズを取ってみたり、かなり苦労していた。そうじゃないと愛されているのが幸せで、嬉しくて、シリルの感情を受ける喜びに脂下《やに》がってしまいそうで。

だけどそんなところを見せたら、シリルは自分に飽きてしまうんじゃないかと不安だらけだった。

そうして自分を誤魔化《ごまか》しているうちに、和利自身も己の本心を見失っていたのだ。

自分の一挙一動に理由をつけると、恥ずかしくてたまらなくなる。

だって、シリルにべた惚れしているということではないか。

「嬉しい」

微笑んだシリルが、「キスしてくれる？」とねだる。

「おまえ、調子に……」

「乗りすぎてるかもしれないけど、この体勢じゃ不自由なんだ」

「……わかったよ」

仕方なく和利からシリルにキスをしてやると、彼が小さく笑った。

「前から思っていたけど、和利のキス、可愛いよね」

啄むような、ささやかなキスだったせいだろうか。

「夕方には退院できるんだ。だから、ホテルで待ってて。明日はあちこち案内したい」

「ホテル？」

「うん、取ってない？」

質問で返されて、和利は渋い顔になる。いずれにしても一泊しか取れなかったので、後先を考えずにチェックアウトしてしまったのだ。

「チェックアウトしたところだ」

「そうなんだ……うちに泊めてあげたいけど、家族に聞かないと」

「ご家族に？」

「それが一番早い。ここは誰に聞いた？」

「君のおじいさまだ」

「だったら、関門は一つか。……エレン、いいだろう？」

「わかったわよ」

ドアを大きく開けてひょいと顔を覗かせたのは、あの金髪の女性だった。

いつからそこに隠れていたのか。

和利を嫌っている様子ではあったものの、二人の雰囲気を察して、配慮はしてくれていたらしい。

「エレンさんって、おまえの何？」

「妹」

「妹⁉」

言われてみれば、金髪がよく似ている。

「私、あなたのことなんて好きじゃない。兄さんをいじめるなんて本当に酷いと思ってるわ。反省しているの？」

機関銃のように英語で捲《まく》し立てられて、今し方の告白の余韻はなくなったけれど、噴き出してしまった拍子に気まずさまで吹き飛んだ。

「ありがとう、エレン。君のおかげで助かった」

「…………」

エレンは一度眩しそうに瞬きをして、つんとそっぽを向く。明後日の方向を見たまま、彼女は「あなたは嫌いだけど、兄さんのお客様なら仕方ないわ」とだけ言った。

いったいシリルは、自分のことをどう説明していたのだろう？

そんなエレンの態度は、何となく自分に似ていると思い当たる。

要するにそれだけ自分は子供っぽいのだと、和利は反省せざるを得なかった。

「昨日退院したばかりなのに、出歩いていていいのか？」

呆れたような和利に対して、シリルはにこやかな笑みで応じる。

「大丈夫。躰が鈍って黴《かび》が生えそうだった。それとも、心配？」

「……ああ」

和利が渋々同意すると、シリルが「え！」と短く息を詰めた。

「今の、もう一回」

「気のせいだ」

「相変わらずだなあ」

くすりと笑って、それからシリルは和利の髪を撫でた。

今度ばかりは、それを怒らない。

「それに和利だって、そんなに長く休めないでしょ？」

「休めるよ、社長がＯＫさえ出せば」

「僕はいつでも出したいけど……現場の皆が困るかな」

「そういうことだ」

和利はそう言うと、シリルが目指している石造りの教会に目を留めた。

「ここは？」

「僕が通っていた教会。ちょっと待ってて」

人気《ひとけ》がない教会は普段は鍵をかけられているというのだが、シリルが神父から鍵を借りてきてくれた。

中に入ると素朴な石造りの聖堂は六角形で、質素なステンドグラスから光が降り注ぐ。

「小さい頃はここで結婚するのが夢だった」

和利を選んだ今では、できもしない不可能な夢だ。

それを平然と口に出すシリルは憎らしいし、いい度胸だと思う。

「ふうん」

「今から結婚式してもいい？」

「馬鹿」

即答すると、シリルが「容赦ないな」と噴き出す。

「だいたいおまえを好きだなんて言ってないのに、どうしていきなり結婚なんだ」

「好きじゃないの？」

「まだ言ってない」

「でも、好きだってことだよね？」

「…………」

答えられない和利に、シリルが悪戯《いたずら》っぽく片目を瞑《つぶ》った。

「ここで、誓わせて。ずっと和利を好きでいるって」

「——いいよ」

「え、いいの？」

「ああ。……僕も、誓ってやる」

和利が頬を赤らめてそう言うと、シリルは「ベールを持ってくればよかった」と明らかに残念がっている。

「指輪、あとで買おうね」

「いいから、さっさと誓え」

「うん」

「僕は和利を伴侶とし、良いときも悪いときも、富めるときも貧しきときも、病めるときも健やかなるときも、死が二人を分かつまで、愛し慈しみ貞節を守ることをここに誓います」

練習してきたのか、いやになめらかな日本語だ。

「…………」

「和利？」

「……う」

「往生際悪いよ」

日本語でさらさらと往生際が悪いと言われると、腹を括《くく》らねばという気分になってくる。

どうしようもない。

だって、認めるほかないけど……好きなんだ。

「――僕も、誓います」

「和利、それってずるくない？」

「うるさい」

これがいついかなるときも素直になれない和利の、精いっぱいの譲歩だ。

触れるだけのキスのあと、シリルが「これからどうする？」と聞く。

「おまえの家族は大家族だし、二人きりになれるところなんて、あるのか？」

エレンと違ってシリルの家族は大歓迎してくれたものの、関係に気づかれているようだったし、二泊するのは気が引ける。

それに、二人きりになりたかった。

「車とか」

「……絶対に嫌だ」

「じゃあ、ホテルかなあ……いいところが見つかるまで、少しドライブしようか」

シリルの提案に、和利は仕方なく頷いた。


舌を絡《から》めるキスは熱くて、触れ合っただけで千切れそうだ。

真っ先に奪われた眼鏡は、ベッドサイドに置いてある。

いくら視界がぼやけていると言っても、間近にシリルがいれば顔貌《かおかたち》はわかるから、何だかふわふわして逆に落ち着かなかった。

「ン……、んん……」

こんなふうに熱いキスをするのは久しぶりで、和利は頽《くずお》れてしまいそうだ。そんな和利をシリルはベッドに誘い、シリルは押し倒してきた。

「もう、するのか？」

「うん」

シリルとドライブ中に見つけたのは立派な古城ホテルで、幸いスイートに空きがあった。もっと建物を見学したかったのに、シリルは珍しく強引で、和利にそれを許さなかった。チェックインして部屋に入るなりのキスで、無論、シャワーを浴びるいとまもない。

「あ…ッ……」

服の上から性器をやわらかく手指で愛撫されて、すぐさま声が乱れる。

「和利、可愛い」

「…っ…」

シリルに交互に、あるいは同時に、指先と舌とで、乳首を弄られる。それだけでもう、胸が高鳴ってしまう。

「全部、僕のだよね？」

「……一応」

「強情だな。でも、ちょっと痩せた？」

「べつに」

誤魔化そうとしたが、さすがにシリルの目は節穴じゃない。

「ごめんね、ストレスかけて」

「いいから、焦らすな……」

「焦らしてない。じっくり愉《たの》しみたいんだ」

どこか淫《みだ》らな響きに、どきっとする。このままでは、完全にシリルのペースだが、どうしようもない。

「もう、どうでも……」

「好きにしていいの？　じゃあ、そうするよ？」

言質《げんち》を取ったシリルは、早速、和利を全裸にしてしまう。

今は言わされてしまった気がするが、やめてほしかったので仕方がない。

反応しつつある部分を、しつこく直《じか》に弄られて、あっという間に先走りでぐちゅぐちゅにされてしまう。

「待っ…て……」

「無理」

即答だった。

「あ……」

きっともう、蜜が溢《あふ》れ出しているのを、シリルに気づかれているだろう。

恥ずかしくて、たまらない。

「可愛い」

自分も服を脱いだシリルは、和利の腿《もも》のあいだに入り込む。

「どこ、が……」

「全部」

「な、にを…っ…」

どうしよう。

もう、限界だ。

「一度達《い》ってみる?」

「あ、あ、……ああっ!」

シリルの手を汚してしまい、和利は唇を噛む。こんなふうにされても、何もかもが快楽に
直結しているのだ。

身を屈めた彼は、和利の下腹部に顔を寄せた。

「やだ……っ」

あたたかく湿った口腔は、まるで洞《うろ》だ。

やわらかい熱に包み込まれ、甘い快感に全身が震える。

なのに、シリルは手を止めずに括《くび》れた部分を指で弄る。これでは、快感が強すぎて引き剥《は》がせなかった。

「やめ……」

「もう濡れてるんだし、気にしなくていいよ」

「嘘……」

シリルは、ずるい。

和利はもう、身悶《みもだ》えるほかないのに。

「恥ずかしいのだけは、我慢して」

「ひ、ぅ……」

それが一番嫌なんだ。

シリルは和利のプライドの高さを知っているくせに、それを攻撃するような残酷なことを無意識にしてのける。

「恥ずかしいのに我慢するところ、すごく可愛い」

シリルが面を上げて、熱っぽく告げる。

「もう、…だって……」

自分でも、何を言っているのかわからない。

「これも、だめ?」

頭がくらくらしてくる。

和利から溢れた蜜とシリルの唾液が、茂みまで濡らしている。

「だ…め……」

滴《したた》る蜜まで吸われ、ついには和利は泣きだした。

「やだ……いや、もう…ッ…もう、放…せ……!」

慣れきった行為のはずなのに。

「放さない」

「ばか…っ…」

「こんなに可愛い声で喘《あえ》いでくれてるのに、やめたりできないよ」

「……あんっ……あ、あァッ…」

次は上体を折られ、舌で蕾《つぼみ》を辿られる。

いっこうに終わりは見えず、壊れてしまいそうだ。

「や…よせ、いや……」

そこを解《ほぐ》すシリルの動きは止まらない。

「嫌じゃないよね?」

何をされても、すっかり感じてしまうなんて。

「もう、挿《い》れて……」

「まだ、入らないよ」

「だって、もう……だめ、いや……あ、あっ……」

このままでは、変になる。

身も世もなく啜《すす》り泣くというのは、きっとこういうことだ。

「もう…シリル……」

「気持ちいいの、嫌い？」

「あ……あっ……あああっ！」

シリルの口腔にとうとう体液を迸《ほとばし》らせ、和利はくたりと力を抜いた。

「ふ……」

わかってるんだ。

シリルと何度もセックスしたから、彼が意外としつこくて欲深なことくらい。

シリルは行き場のない和利の右手に触れ、右膝へ運んだ。

「今日は、前からだよ」

初めて、だった。

愛人だからという理由で、いつも即物的なやり方で抱き合っていたのだ。

「左手で、ここを押さえて」

そして、自分の脚を広げるように促した。

「な……」

どうしてこんな日に、意地悪ばかりするんだろう。

いくら判断力が低下していても、恥ずかしいことくらいわかっている。

「だめ？」

「あたりまえ…」

「何で？」

「見えて…恥ずか…しい……」

シリルを追い出すのは不可能だったが、せめてもの抵抗に足を閉じようとする。

「もう、挿れろ……」

「先に見たいんだ」

くちづけられて、つい顔を上げてしまう。

その、蒼い瞳……。

「お願い」

お願いというより、これでは精神的には脅されているようなものだ。

「う……」

和利はとうとう、それに従った。

もう、何も隠せない。

「素敵だ」

シリルが和利の尻に手をやり大きく開かせる。熱い。熱いものが、入ってくる……。

「……ーッ！」

「どう？」

答えられるわけがない。

「はっ、あ……」

苦しい。

「大丈夫。そばに、いるよ」

「……シリル……」

彼にしがみつきたいのに、それも不可能だった。

挿入の痛みに新しい涙が次から次へとぽろぽろと溢れ出し、和利はその合間に喘ぐ。

「ん、んっ……もう……」

襞を捲《めく》り上げるようにして、愛《いと》しい人が入り込む。

「あ…っ…」

このまま、何とかしてシリルを受け止めたい。シリルの思いを。

「苦しい？」

「う、んっ……でも、……ここ、はいっ…てる…」

シリルが自分を求めているのに、そのどこが不愉快だというのだろう。

「…ふっ…く、ぅう……」

異物感は大きかったが、これならば耐えられる。シリルが、いるから。

「可愛いよ」

「……くっ…よせ……うごくな…っ……」

動かないでほしいと息も絶え絶えに命じているのに、シリルはいざとなると人の言うことなんて全然聞いてくれない。

つらいのに、襞を擦《こす》られるともうどうしようもなくなって和利は泣き喘ぐほかなかった。

すごくいい。気持ちよくて、どうにかなってしまいそうだ。

「きもちいい？」

「…イイ……きもち…い…っ……」

あまりのよさに、呼吸さえ忘れそうだ。

ゴムをつけていないためか、シリルが放出の前に離れようとする。

「待って…」

「シリル……」

逃げるなんて、許さない。このまま一つになると、決めたのだ。

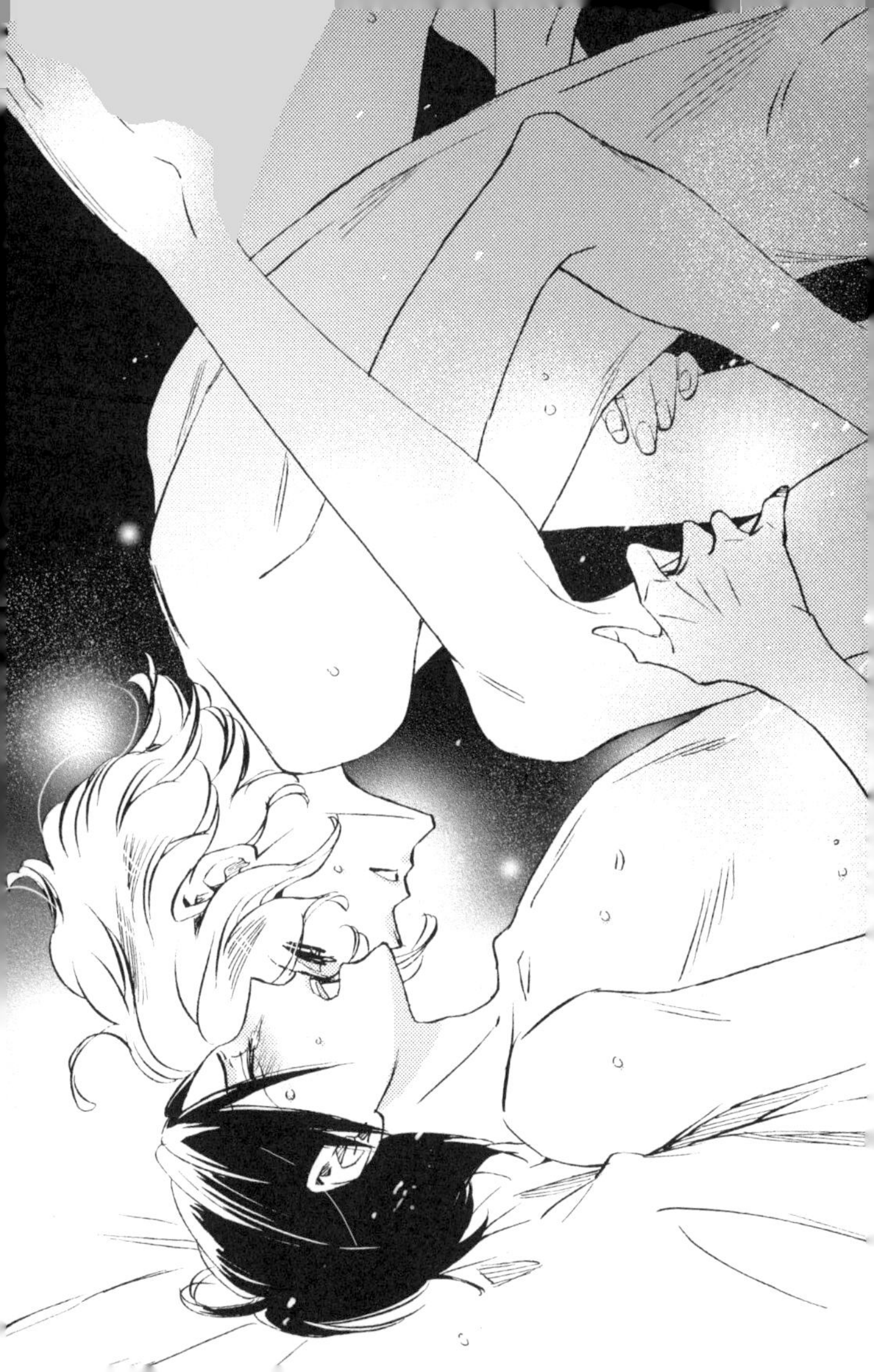

「和利……」

体内にあたたかいものを感じ、和利はふわりと笑む。

これでいい。やっと、ここまで来たんだ……。

長いセックスのあとに動けずにいると、シリルが「お風呂できたよ」と呼びに来てくれる。

まるで日本にいるときみたいだ。

そう思っておかしくなるが、疲れ果てていて動けない。

「シリル」

「なに？」

「風呂くらい入れろよ。動けないから」

「了解」

勢いをつけたシリルが和利を抱き上げ、大理石でできたバスルームへ連れてきてくれる。

猫脚のバスタブは巨大で、二人で入ってもお湯が零れることはなさそうだ。

躰を洗わずに湯船に沈められると、心地よい温度でとろとろと眠くなってくる。

「和利、一緒に入るよ」

「どうして」

寝惚《ねぼ》けた声で聞くと、「溺《おぼ》れたら困る」と冗談めかした声が返ってきた。

「平気だよ」

答えたのにシリルが入ってきたので、特に止めなかった。彼は和利の後ろに回ると、子供を支えるようにして背中を抱き込んでくる。

「あったかい……」

眠気を振り払えなくなった和利は、シリルに寄りかかって目を閉じる。

「和利、何だかいい匂いがする」

「匂い？」

「うん。和利の匂い……嗅《か》いでると、したくなる」

シリルが呟いた。

湯船の中でするのなんてせいぜい石鹸《せっけん》の匂いくらいだと思って言い返そうとしたが、和利はシリルの下肢にたまたま触れてしまって狼狽《ろうばい》する。

彼が兆《きざ》していると気づき、一気に目が覚める。

「挿《い》れていい？」

「嫌だ」

「挿れてって言ったの、和利だよ？」

「それは風呂に入れろって言ったんだ」

「同じように聞こえるけど？」

「おまえな、こんなときだけ日本語が不自由な振りするな。同音異義語だろ」

「異義じゃないよ。意味も一緒だ。……ね、挿れたいんだ」

掠《かす》めるように尻に押しつけられると、喉が鳴る気がした。

欲しいのは、和利だって同様だ。

「だめ？」

「……今日だけ、だからな」

「ん」

嬉しそうに囁いたシリルが、和利の腰に手を回した。

「じゃあ、自分でして？」

「え……」

「ここで挿れるの、難しいから」

「調子に乗るな！」

「したくないの？」

そんなことを言われると、答えられない。

だけど、そんな甘ったるい声を出されると……胸が疼いてしまう。

これも、惚れた弱みだ。

黙り込む和利に、シリルが耳許で誘惑してくる。

「ねえ、来てよ」

和利は背を向けたまま、シリルの脚を跨《また》いだ。さすがにそれ以上できずにいると、シリルが和利に腰を落とすよう促す。

それに従うと、初めての感覚が和利を襲った。

「ああ…」

どうしよう、これ……こんなのは初めてだ。

シリルが怯える和利の躰に両手を回し、抱き締めてくれる。浮き上がった脚が水を蹴り、飛沫《しぶき》がぴしゃっとタイルの上に落ちた。

でも、まだこうしていたい。

「キスして、いい？」

「ん」

「こっち向いて」

懸命に首を曲げると、待ちかねたように彼がキスをしてきた。

「可愛いよ」

「馬鹿…っ」

それが最後の憎まれ口だった。

「シリル……シリル……」

自分が何か別の生き物にでもなったみたいだ。

「あ…っ…シリル……いい……」

未知の感覚に揺り動かされ、喘ぐことしかできない。そんな和利につられてシリルの声も乱れている。

「いいよ、和利。大好き」

優しくて淫らなシリルの声を聞きながら、和利は喘ぎ続けた。


バスルームに飽き足らず、ソファの上にシーツを敷いて、そこでも二人は抱き合った。

これは、まずいと思う。

猛烈に流されているという、自覚はあった。

好きだと認識した途端に、自分がこんなに羽目を外すとは思ってもみなかった。

たぶん、もう二度とシリルに会えないかもしれないという恐怖感に追い詰められたあとに

それが解決したせいで、何か妙なスイッチが入ってしまったのだろう。

そうでなければ、納得がいかない。

「和利、疲れてる？」

「……当たり前だ」

己とシリルへの怒りから押し殺した声で和利が答えると、シリルは「ごめんね」とまるで屈託のない笑顔を見せた。

「おまえ……」

「和利が欲しかったんだ。欲しくておかしくなりそうだったから、これくらい許してよ」

そう言われると、ぐうの音も出ない。

つくづく、自分はシリルに甘い。シリルが自分に甘いのと同じことだ。

「ずっと、僕のものにしたかった。長期戦のつもりだったけど、最近ではじれったくてどうしようかと焦っていたんだ」

シリルのことを好きすぎて、彼からも自分の気持ちからも目を背けてしまっていた。

それを指摘されているようで、和利は俯いてしまう。

「僕としては、あと五年くらいは待てるつもりだったけど、和利は鈍いからね」

「遠大な計画なんだな」

ささやかな皮肉のつもりだったが、シリルはすんなりと受け取ってしまう。

こういう育ちのよさが、彼らしくていいのだ。

「初めて会ったときから、どうやって僕のものにするか考えてた」

「初めてって、小学五年生で？」

「うん」

「気が長いな」

和利が思わずそう呟くと、シリルは「そうだよね」と微笑んだ。

「和利は意外と頑固だし、僕もあんなことで失敗すると思わなかったから、少し計画変更したけど……」

テーブルに並べられたルームサービスのサンドウィッチを一つ摘《つま》み、シリルがそれを囓る。

二人ともホテルの備品のガウンを着ていたが、さすがにシリルはよく似合っていた。

抜けるように白い膚も、どこか高貴で直視するのが恥ずかしい。

シリルは手酌で自分のグラスに赤ワインを注ぎ、和利のグラスにかつんと縁をぶつけた。

「おまえみたいな特別な人間と、どうつき合えばいいかわからなかっただけだ。僕は才能の欠片《かけら》もない凡人だからな」

「そういうちょっと卑屈なところも可愛い。いじめたくなる」

「どういう意味だ」

「自分に似た相手なんて、好きになっても仕方がないよ。それに、和利は僕のきらきらしたところが好きみたいだから、そうなるように努力したんだ」

「………」

言われてみればそのとおりだった。大学に入って再会したときに惚れ直したのは、彼がその才能も美貌も隠さなくなったからだ。昔のようにそれを隠そうとしたら、和利はシリルが自分の前で取り繕っていると、かえって幻滅していただろう。

「和利は本当は美人なのに、僕を基準にしているからその自覚が全然ないし」

「そうなのか？　おまえが隣にいればどんな美女だって霞《かす》むだろ」

「本当に天然だよね」

シリルが感心しきったように言うが、よくわからない。

「とにかく、おまえの気が長くて助かった。そういうことだろ？」

「うん」

すぐにシリルが得意げな顔になる。

「僕も悪かった。一応、反省してる」

「だけど、僕だって、和利を試したことはある。痛み分けだよ」

無言で先を促し、和利はちらりとシリルを見やる。

「今回だって、本当はもっと早く帰れたのに、和利の気持ちが知りたくてつい長居をしちゃったんだ」

「僕が追いかけてくると思ったのか？」

「それは想定外だけど、日本に帰ったらちょっとしおらしくなるかなとは思ってたよ」

「病気になったのはおまえのせいじゃない」

「もちろん、そうだよ。だけど、僕だって少しはずるいんだ」

その程度がシリルのずるさだというのなら、いっそ可愛いくらいだ。

「ほかに罪状は？」

酔いのせいで少しふざけて和利がそう尋ねると、向かいのソファに座ったシリルは一瞬考えてから「和利を窒息させようとした」と答えた。

「窒息？」

「和利の心も躰も、僕の愛情でいっぱいにしたかった」

「確かに、おまえは重いし……息苦しいよ」

「だから反発したけど、だんだん馴染んできたよね？　反発するのはポーズだけになって、今は僕に愛されてないと淋しくなってない？」

「かもしれない」

それだけシリルがそばにいてくれるのが当然になっていたのだから、仕方がない。

計画的犯行かもしれないけれど、慣れてしまったのは和利自身なのだし。

「それだけ？　ずるい男に慣らされたって思わないの？」

「僕が勝手に慣れたんだ。それこそ、卵が先かどうかの論争と同じだ」

「僕は小さい頃から、和利を手に入れようと思って手ぐすねを引いていたのに？」

「それがわざと成績を落とすことなら、そっちこそ可愛いものだろ」

確かに、中学生にして自分の成績をわざと悪くするなんて少し腹黒いところもあるとは思うが、それくらいは誤差の範囲だ。

誰にだっていいところも、悪いところもある。

自分にシリルの長所が少しでも多く見えていれば、それでいい。

「うん、そう言ってくれると思ってた。和利はいつも、僕のすることは何でも許してくれるから」

「そのつもりはない」

「自覚がないだけだよ」

考えてみたけれど、特に思い当たることはない。

シリルがしたいようにして自分を振り回すのは当然だし、それがシリルなのだから仕方がない。

何もかも、愛されてるからだと思っている。

たとえば、こうやって束縛の印を与えられるのも。

ふと思い出した和利は自分の手を開いて、指輪を光に翳《かざ》してみた。

サイズは和利にぴったりで、まるで生まれたときからそこに嵌まっていたみたいだ。

「指輪、嫌だった?」

「いや……サイズ、よくわかったな」

「愛の力かな」

しれっと答えるシリルに、和利は眉根を寄せる。

「嘘つくな」

「冗談じゃなくて、和利のことならそれこそ足のサイズまで何でも知ってる」

「寝てるあいだに測ったんじゃないのか?」

「測らなくても、感覚でわかってる」

「おまえ、少し怖いよ」

和利はため息をつき、シリルの鼻の頭をきゅっと指で摘む。

「い、痛いよ、和利」

「変な冗談を言うからだ」

「冗談なんかじゃないよ。僕は和利が好きだから、窒息させちゃいそうなくらいに、愛を注いでるんだ」

「はいはい」

シリルの妄言には取り合わず、和利は欠伸を一つし、自分のグラスとボトルに交互に目をやった。

「それよりワイン。グラスが空になってる」

「もうなくなっちゃったね。お代わりは？」

「任せるよ」

「じゃあ、コーヒーにしようか。このままだと呑みすぎそう」

ルームサービスに新たなコーヒーを頼むために、シリルが席を離れる。電話口に向かって彼が話を始めたその隙に、和利は手に入れたばかりの指輪にそっとキスをする。

シリルの溺愛《できあい》がたっぷり詰まった指輪は、少しだけ重く感じられて、やけに心地よかった。

# あとがき

こんにちは、和泉桂です。

本作は『蜂蜜彼氏』のスピンオフです。とはいえ時系列に重なりがあまりないため、そちらを未読でも楽しんでいただけるように心がけました。

今回は、どろどろに甘い美人攻×ツンツン眼鏡という、自分の大好きなパターンで書かせていただきました。前作同様大きな事件はまったく起きない、甘い物語を目指しています。和利《かずとし》にデレが来るのが遅いのは仕様というか、これくらい鈍いのも好きなのです（笑）。攻がとても甘いのは、自分の好みを反映させました！

最近自分が一人称「僕」萌えなことに気づきました。公的な場所では「私」でも、プライベートになると「僕」にスイッチするのも大好物です。とはいえ、いくら好きでも僕×僕だとなかなか難しいんですよね……苦労してしまいました。一度でいいから変わった一人称にトライしてみたいです（笑）。

さて、最後にお世話になった皆様に御礼の言葉を。

前作に引き続き華やかなイラストを手がけてくださった、街子マドカ様。シリルがキラキラしていて華やいだ美形で、私まで和利と同じ気分で見惚れました。和利も素敵眼鏡で、イラストを拝見するたびにキュンとしてとても幸せでした。どうもありがとうございました！

担当してくださったO様と編集部および印刷所の方々にも、御礼申し上げます。

最後に、この本をお手にとってくださった読者の皆様にも、心よりの感謝の念を捧げます。

それでは、また次の本でお目にかかれますように。

和泉　桂

✦初出　溺愛彼氏……………書き下ろし

和泉桂先生、街子マドカ先生へのお便り、本作品に関するご意見、ご感想などは
〒151-0051 東京都渋谷区千駄ヶ谷 4-9-7
幻冬舎コミックス　ルチル文庫「溺愛彼氏」係まで。

幻冬舎ルチル文庫
# 溺愛彼氏

2013年6月20日　　第1刷発行

| | |
|---|---|
| ✦著者 | 和泉 桂 いずみ かつら |
| ✦発行人 | 伊藤嘉彦 |
| ✦発行元 | 株式会社 幻冬舎コミックス<br>〒151-0051 東京都渋谷区千駄ヶ谷 4-9-7<br>電話 03(5411)6431[編集] |
| ✦発売元 | 株式会社 幻冬舎<br>〒151-0051 東京都渋谷区千駄ヶ谷 4-9-7<br>電話 03(5411)6222[営業]<br>振替 00120-8-767643 |
| ✦印刷・製本所 | 中央精版印刷株式会社 |

✦検印廃止


ISBN978-4-344-82863-6　C0193　Printed in Japan

## 「幻冬舎ルチル文庫」

大好評発売中

二十歳の大学生・叶沢直は図書館風カフェ「アンジェリカ」でアルバイトをしている。「アンジェリカ」の常連客で、その優雅な容姿からスタッフの間で「王子様」と呼ばれている青年が気になる直は、ある日、「王子様」の忘れ物を届けることに。瀬南光瑠と名乗った青年は二十八歳。前から直を気にかけていたという瀬南に、惹かれていく直だったが……!?

イラスト

街子マドカ

580円(本体価格552円)

# 和泉 桂

# [蜂蜜彼氏]

発行●幻冬舎コミックス　発売●幻冬舎